Goldfisch

(2023)

Anmerkung

„Diese Geschichte ist ein kurzer Psychothriller, den ich nicht als Kurzgeschichte, sondern viel mehr als neues Format *Geschichte-für-Zwischendurch*, betiteln würde. Darauf hat mich mein Vater gebracht, der meinte, dass er durch die Arbeit eher selten zum Lesen kommt, trotzdem gerne lesen würde und zumindest mir geht es so, dass ich nicht mitten im Kapitel aufhören kann – aus diesem Grund sind die Kapitel in dieser Geschichte nicht lang, perfekt geeignet zum Lesen, sobald man die Gelegenheit bekommt.

Schon vor der Volksschulzeit wusste ich, was ich vom Beruf her werden wollte und auch Autorin wollte ich schon immer sein. Noch bin ich sicherlich nicht an diesem Punkt angelangt, aber ich werde meinen Traum weiterhin verfolgen. Meine Bücher werden immer länger und besser werden, bis ich dann voll und ganz zufrieden damit bin, denn dann sind es die Leser hoffentlich auch. Ich meine immer: Lernen ist ein Prozess und in diesem befinde ich mich gerade!"

- M. Klar, 21, Studentin aus Wien

„Für meine Familie und Freunde, die mich immer unterstützen!"

Impressum

Standardvermerk

Bibliografische Information der Deutschen Nationalbibliothek: Die Deutsche Nationalbibliothek verzeichnet diese Publikation in der Deutschen Nationalbibliografie; detaillierte bibliografische Daten sind im Internet über dnb.dnb.de abrufbar.

Text- und Data-Mining

Die automatisierte Analyse des Werkes, um daraus Informationen insbesondere über Muster, Trends und Korrelationen gemäß §44b UrhG („Text und Data Mining") zu gewinnen, ist untersagt.

„Herstellung und Verlag: BoD – Books on Demand, Norderstedt"

ISBN: 9 783757 830342

Kapitelübersicht

Alternative Coverdesigns

Versionen 1-3

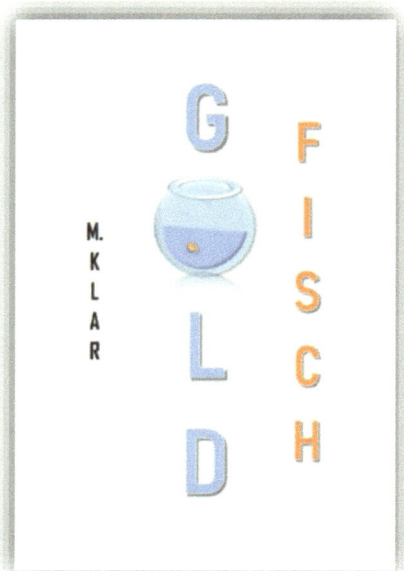

Ein sehr kurzer Prolog

Wisst ihr, ich hatte eigentlich immer das Gefühl normal zu sein. So wie jeder andere auch, zumindest hatte es diesen Anschein. Wie sehr kann man sich irren?

Sobald allerdings euer Haustier anfängt mit euch zu reden, solltet ihr das vielleicht mal abchecken lassen – von jemanden mit Zulassung. Ich hab mir damals nichts dabei gedacht und lasst mich euch sagen, meine Kindheit war dadurch noch verrückter als ohnehin schon. Wenn man sich verloren fühlt und mit einem Fisch im Glas Gespräche führt, kommt selten etwas Gutes dabei heraus. Vertraut mir, ich rede aus Erfahrung.

Jetzt bin ich ein erwachsener Mann und ich kann wohl nicht genug betonen, wie sehr mein Leben seit damals eine 180 Grad Wendung gemacht hat. Und nicht zum Besseren, da ging es drunter und drüber, teilweise sogar noch heute. Viele Menschen kommen auf mich zu und fragen mich über Dinge aus, die ich nicht nach ihrer Zufriedenheit beantworten kann. Ständig wollen die Leute, dass du ihnen Einsicht in deine Welt gibst, obwohl man weiß, egal was man ihnen mitteilt, sie werden es nicht verstehen können.

Trotzdem erzähle ich jetzt einiges über mich, dazu habe ich mich dann doch breitschlagen lassen. Wie zufrieden ihr aus dieser kleinen Erzählung herausgeht, kann ich euch nicht beantworten. Seit allerdings vorgewarnt, ich bin nicht wie jedermann.

Ach, ist es nicht schön, etwas Besonderes zu sein?

Meine Eltern würden euch jetzt sagen, dass das keineswegs der Fall ist. Allerdings bin ich der Ansicht, dass ihre Meinung nichts zählt. Zum einen, weil sie den Sachverhalt nicht objektiv betrachten könnten und darüber hinaus, gar nicht mehr unter uns weilen.

Objektivität ist sowieso eine Lüge. Und die Wahrheit? Ganz ehrlich, was soll das überhaupt sein – Wahrheit? Wer bestimmt, was wahr ist und was nicht? Ist es eine Lüge, nur weil es nicht wahr ist?

Naja, ich will hier nicht ins Philosophische abschweifen.

Also, womit soll ich beginnen?

J.C.

Die Schönheit des Sommers

Auf den ersten Blick wirkt unser Protagonist nicht gerade besonders. Ein schmächtiger Zwölfjähriger, der seine Klappe oft weit aufreißt und nicht weiß, wann Schluss ist. Er ist zwar flink und clever, aber das hat ihn bis jetzt auch nichts geholfen. In der Schule wird er ständig rumgeschupst und verprügelt, doch er nimmt es hin. Es gibt eben eine Hierarchie und er schien ganz unten zu stehen. Trotzdem genoss er es seine Mitmenschen aufzuregen, zu sehen, wie weit sie ihn gehen lassen. Selbst wenn sie ihre Wut an ihm ausließen, es hatte etwas in ihnen ausgelöst, dem sie nicht entkommen konnten. Deshalb zahlte es sich aus. Jeden Schlag, den er kassierte, hatte er sich redlich verdient, es bedeutete für ihn, dass sein Gegenüber geistige Schwäche zeigte, sonst würden seine Worte nicht solche heftigen Reaktionen hervorrufen.

Ganz anders sah es bei dem Jungen zu Hause aus. Für Außenstehende wäre er vermutlich unsichtbar oder nie dagewesen. Kaum einen Mucks gab er von sich, in den Jahren seines jungen Lebens hatte er gelernt, dass er in seinen eigenen Vier-Wänden besser still ist. Das macht es einfacher. Seine Eltern waren nämlich leicht zu erzürnen, selbst ohne sein Zutun. Außerdem gab es einen kleinen Unterschied, denn seine Eltern waren keine Fremden, denen er nie mehr unter die Augen treten musste, sobald er diesen den letzten Nerv geraubt hatte. Auch wusste er, dass er nur diesen Ort hatte, eine kleine Wohnung, die für ihn grau und düster wirkte. Die Aura erdrückte ihn und schien ihn runterzuziehen. Mit jedem Tag breitete sie sich mehr und mehr aus, sie wurde dichter, wie Herbstnebel im Wald, und erschwerte das Atmen. Überleben war anstrengend, aber es war das Einzige, das ihm bekannt war.

Er war auf sich gestellt, keine andere Seele, auf die er sich verlassen hätte können, die ihn nicht schaden oder ausnutzen wollte.

Dementsprechend war der Junge früh erwachsen geworden, zumindest in einigen Aspekten, denn ein Kind ist nun mal ein Kind. Als solches bildete er sich eigene Ansichten über die Welt, die ihm weder Sonnenlicht noch Regenbögen bieten konnte. Er hatte seine Umstände schon vor einiger Zeit akzeptiert, sie in seinen Alltag inkludiert und sie als „normal" umdefiniert. Aber eine Glut kann schnell entfachen und zu einem brodelnden Feuer werden, das sich ausbreitet und alles um sich herum verschlingt. Eine solche Glut schlummerte noch in ihm, auch wenn sie schon lange vergessen war.

Trotz allem stand die beste Zeit für den Außenseiter vor der Tür. Während sich die meisten Kinder seines Alters in den Sommerferien auf einen gemeinsamen Familienurlaub freuen, oder endlich mehr Zeit für Verabredungen mit ihren Freunden haben, konnte er es kaum erwarten, sich diese Monate allein und abgeschottet zu vertreiben.
So saß er aktuell in der letzten Stunde des letzten Schultages, wo er gebannt auf die Uhr starrte. Alles hatte er ausgeblendet, fast konnte er das Ticken der Uhr hören. Nur noch wenige Minuten, dann war er erlöst. Aus diesen Minuten wurden schnell Sekunden und das Läuten beendete seine Anspannung. Die Mehrheit der Klassenkameraden war schnell verschwunden, es wunderte ihn nicht, dass er auf dem Weg aus dem Klassenzimmer hinaus über einen Fuß stolperte und sich am Boden fand. Der Rüpel, einer der größeren Schüler, welcher schon mehrmals die Klasse wiederholen musste, hatte es schon seit Beginn auf ihn abgesehen. Der Junge kümmerte sich gar nicht darum, nach seinen Namen zu fragen, geschweige denn ihn sich

zu merken, auch wenn sie schon vor längerem Bekanntschaft geschlossen hatten. *Warum sollte ich mir den Namen von jemanden merken, der für mich keinen Wert hat?* Der Rüpel grinste ihn von oben herab böse an und machte ihr Verhältnis aufs Neue deutlich. „Genieß deine freie Zeit, Loser – und bete, dass wir uns nicht zu oft über den Weg laufen!" Mit einem gekünstelten Lachen verließ er, begleitet von zwei weiteren seiner hirnlosen Anhänger, den Raum. *Huh? Heute war er ja fast nett…*

Mit diesen Gedanken schlenderte er durch die Gänge, die sich schnell geleert hatten und trat ins Freie. Die Sonne schien, der Himmel war blau und der Wind war angenehm. Während die Wolken am Himmel vorbeizogen und in Bewegung waren, stand er wie angewurzelt da. Irgendwie fand er das Wetter an diesem Tag schön, beinahe hätte er es genossen. Er hatte es nicht eilig mit dem Antritt des Heimwegs. Er beschloss das Beste aus heute zu machen und vielleicht tat ihm die frische Luft ja doch gut. Die Schaukeln auf dem Spielplatz waren frei, normalerweise waren hier immer viele kleine Kinder, sodass ihn das Geschrei nervte und er dem Lärm entkommen wollte. Es schien daher so, als hätte er heute einfach Glück gehabt.

Da er sonst allerdings vom Pech verfolgt wurde, wusste er, dass es sich hier bloß um die Ruhe vor dem Sturm handelte. Wer konnte ahnen, wie lange diese anhielt? *Bestimmt nicht lange...* und eines sollte gesagt sein, der Bursche war ein Opportunist. *Timing ist alles - man muss nur wissen, was man daraus macht.*

Das war also der Beginn der Sommerferien. Eine neue Zeit, die anbrach und viele Veränderungen mit sich brachte.

Wie ein Fluss über einen Stein

Die ersten Tage vergingen schnell, doch er hatte vergessen, wie präsent seine Eltern manchmal sein konnten. Der Junge brauchte also auch relativ bald eine Pause von seinem sogenannten zu Hause, wenn er nicht den Verstand verlieren wollte. Deshalb fand er sich alleine im Wald wieder, wo er in Gedanken versunken durch die Gegend schlich. Die Zweige und Blätter warfen ein Schattengitter, durch das hier und da Licht blitzte und ihn vorübergehend blendete. Die Hände hatte er in die Hosentaschen gesteckt und stieß während dem Wandern kleine Steinchen, die ihm im Weg lagen, fort. Im Vergleich zu der letzten Woche hatte es etwas abgekühlt, sodass er sich über sein T-Shirt etwas überziehen musste. Es war ein äußerst kühler Sommer.

In gewisser Weise war er dankbar dafür, denn es trieben sich deutlich wenigere Menschen herum. Daher konnte er die Stille im Wald auskosten, keine Störungen oder Ablenkungen, die vorhanden gewesen wären. Das Einzige, was zu hören war, waren Tiere, die sich versteckt hielten, das Rascheln der Blätter und…war das das Rauschen eines Baches?

Die Neugier hatte ihn schnell übermannt, denn er nahm selten dieselbe Route zweimal, so war ihm noch nie ein Bach oder ähnliches untergekommen. Seine Schritte wurden schneller und trugen ihn über den unebenen Boden, der nach feuchter Erde roch. Kurz musste er anhalten und erneut hören, um die Orientierung nicht zu verlieren, doch es klang eindeutig so, als wäre der Ursprung des Geräusches links von ihm. Da verfiel der Junge in einen Laufschritt, den er mit zunehmenden Metern, die er hinter sich brachte, beschleunigte.

Tatsächlich, er hatte Recht behalten. Leicht ging es dort bergab und auf der anderen Seite, durch den kleinen plätschernden Bach dazwischen getrennt, wieder hinauf. Das Wasser war klar und rein, ohne Mühe konnte man auf den Grund sehen. Ebenso war er nicht tief, wenn er hineinginge, würde der Wasserspiegel nur leicht über seine Knöchel reichen.

Eine Weile hockte er am Rand und sah ins Wasser, er hatte damit gerechnet, dass irgendwelche Tierchen entlang schwimmen würden, doch da kamen keine. Aus diesem Grund betrachte er nur das Wasser und versuchte sein Spiegelbild zu sehen, doch die leichte Strömung reichte aus, um es zu verzerren und unscharf zu machen. Er wartete.

Worauf? Das wusste er nicht.

Aber es fühlte sich richtig an. Einfach zu warten.

Die Zeit floss dahin. Genau wie das Wasser in dem Bach. So wie jenes Wasser, dass ihm durch die Finger glitt, sobald er die Hand hineinsteckte, glitt ihm auch die Zeit davon.

Aber langweilig wurde ihm nicht. Er ließ die Hand im Wasser. Es war eisigkalt. Trotzdem verspürte er keinen Drang, seine Hand wieder ins Trockene zu bringen und zu wärmen. Nein, die Kälte war angenehm, sogar beruhigend. Seine Augen hatten längst den Fokus verloren und starrten ins Leere.

Doch da! Dieser kleine, bunte Fleck. Dieser erregte seine Aufmerksamkeit und seine Gedanken fanden wieder zurück ins Jetzt. Hatte er sich zuvor doch sehnsüchtig gewünscht, dass etwas vorbeizieht, so war er nun verwundert. Er musste zweimal seinen Blick auf den orangen Tupfen richten, um sich wirklich sicher zu sein. Jemand hatte wohl an einer anderen Stelle des Baches einen Goldfisch ausgesetzt, anders konnte es sich der Junge nicht erklären, warum diese Art von Fisch hier zu finden wäre. Der kleine Fisch bewegte sich elegant durch das Wasser und meisterte die Strömung mit Leichtigkeit. Er wurde nicht sofort mitgerissen, sondern schwamm in Kreisen, mal gegen die Strömung, mal mit ihr. Man merkte, dass das Lebewesen in seinem Element war.

Der Junge war fasziniert, er konnte nicht wegsehen, derartig gebannt war er von dem Schauspiel vor sich. Er verspürte dieses Jucken, wie ein Reiz, der immer stärker wurde und sich nicht in Luft auflösen wollte. Er hatte das Verlangen, nie mehr wegsehen zu müssen, eine Welt, in die er eintauchen und verschwinden konnte.

Der Moment konnte nicht ewig dauern, soviel war ihm klar – aber irgendwie fühlte er eine plötzliche Verbundenheit, mit dem Wasser und mit dem kleinen Goldfisch. Das einzige Wesen in diesem Bach, auf gewisse Weise war dieser Fisch genauso ein Außenseiter wie er.

Warum sollten sie ihre Einsamkeit also nicht zu zweit erdulden?

Wenig später stand also ein Goldfischglas auf dem Nachttisch des Jungen. Wenn er jetzt im Bett lag, konnte er seinen neuen und einzigen Freund, sein erstes Haustier, beobachten und empfand dabei ein prickelndes Gefühl, welches er so kaum kannte. *Ist das Freude?*

Es würde zu lange dauern und auch zu sehr ins Detail gehen, um nun die Abläufe und Hergänge zu beschreiben, die dazu geführt hatten, dass dieses Kind es schaffte einen Goldfisch aus dem Bach zu fangen und ihn schnurstracks in sein Zimmer zu transportieren. Aber darum geht es hier ja auch nicht, dafür dürft ihr eure eigene Fantasie nutzen und die Lücke füllen.

Wichtig ist, dass der Junge nun nicht mehr alleine war. Er hatte eine recht angenehme Gesellschaft gefunden und so den Stein ins Rollen gebracht.

Es war ein großer Stein, der auf seiner Bahn alles und jeden platt machte und keine Gnade kannte.

Der sieht eben so aus!

Es war wie ein Spiel, die Beziehung zu seinen Eltern, die jeder Logik trotzte. Schach schied also als Metapher aus. Auch war es gänzlich anders als das Katz-und-Maus-Spiel, das der Junge mit seinen Schulkameraden, wenn man sie so nennen konnte, betrieb. Eine Art von Glücksspiel wäre treffender. Als er nun in seinem Zimmer auf dem Bett saß und sich seine brennende Wange hielt, dachte er darüber nach. Ein Beispiel war schnell gefunden und er entschied, dass Roulette am besten passte. Ja, das beschreibt es sogar ganz gut. Die meisten denken wahrscheinlich gerade ans Kasino, wo du deine Chips setzt und entweder gewinnst oder verlierst. Irgendwie könnte man das sicherlich auch an seine Lage anpassen, aber in seinem inneren Auge schwebte ihm Russisches Roulette vor. Der Revolver, in dessen Trommel sich bloß eine Patrone befindet, das Klacken, während diese rotiert, der Angstschweiß, der sich beim Spieler bildet, weil dieser nun um sein Leben bangen muss und nicht um sein Schicksal weiß. Schließlich der Abzug, der offenbart, ob du Glück oder Pech hast, es gibt keinen Faktor, der diesen Umstand beeinflussen könnte, es ist purer Zufall. Geht es schlecht aus? Geht es gut aus?

Und selbst wenn du beim ersten Mal überlebst, wie lange kannst du durchhalten?

In seinem Fall waren seine Eltern die Patronen, unberechenbar, und entweder wurden sie durch seinen Schädel gejagt oder nur eine stille Anspannung blieb zurück, ein kurzes Klacken an der Stelle, wo sonst vielleicht der Schuss ertönte. Aus der Sicht der Eltern konnte ihr Sohn sowohl Revolver als auch Spieler zugleich sein. Der Revolver, der benötigt wird, um die Kugel abzufeuern, und der Spieler, den sie im schlimmsten Fall traf.

Oft waren es Auslöser, die jedoch nichts mit ihm zu tun hatten, heutzutage probierte er nur noch selten sie zu provozieren und das auch bloß, wenn er gerade überheblich war. Da hatte er so ein komisches Gefühl, wie im Rausch. Vermutlich lag das allerdings an einer Mischung aus Emotionen. Heute war kein solcher Tag gewesen. Er war in die Küche marschiert und hatte sich aus dem Kühlschrank das letzte Bisschen Orangensaft geholt. Er trank gleich aus der Flasche, schraubte sie wieder zu und wollte sie wegschmeißen, da traf ihn der Schlag. Sein Kopf ging mit der Wucht mit, so tat es weniger weh und blickte nun gegen die Wand. Kurz verweilte er, so überrascht war er.

„Sieh' mich an" Die Stimme seines Vaters war rau und er stank nach Alkohol. Die Tatsache, dass der Mann vor ihm, ihn gerade angesprochen hatte, ließ ihn noch mehr staunen. Seit die Ferien begonnen hatten, hatte er kein Wort zu ihm gesagt, tatsächlich war er für ihn wie Luft gewesen. Und das war es doch, worum es ging. Das erwähnte Spiel, der Finger auf dem Abzug. Es gab nur zwei Optionen, entweder wurde er in Ruhe gelassen, weil seine Eltern ihn wie weniger als Dreck behandelten, als ob er nicht existierte oder es hagelte Schläge und Tritte, wonach er meistens sowieso vergaß, warum er sie überhaupt bekommen hatte.

„Sieh' mich an, verdammt!" Dieses Mal setzte er seinen Kopf langsam in Bewegung, bis er zumindest in die Richtung des Mannes gedreht war. Aber er blickte nicht auf, er wollte nicht. Da packte der Mann erzürnt seinen Unterkiefer und schob den Kopf des Jungen zurück, bis sich ihre Blicke trafen. Seine Stimme wurde leise und fast sanft, beängstigender als das Brüllen gewesen wäre. Der Vater strich dem Kind die Haare aus dem Gesicht: „Ich hatte doch gesagt, du sollst mich ansehen…" Er kam so nah, dass der Junge nun wahrnahm, dass der Gestank noch stärker aus dessen Mund drang und sein Atem die Luft verpestete. Früher noch, hätte der Junge Angst gehabt, hätte gefleht und gebettelt, doch vor seinem Vater hatte er jegliche Furcht verloren. Er war ein bemitleidenswerter Mann, der sein Leben nicht auf die Reihe bekam und es anderen daher ebenso vermieste. *Wieso sollte man sich vor Kakerlaken fürchten?*

Der Junge hatte ihn daraufhin wütend angestarrt und gab keinen Mucks von sich, der Vater hielt den Blick. Doch hielt er ihm nicht lange stand, denn der Mann schien dieses Mal selbst keinen Grund zu finden, warum er nun einen Ausbruch von Gewalt erlitt. Sein Gesicht schnitt eine Grimasse, eine die er machte, wenn er verwirrt war, es sich aber nicht anmerken lassen wollte. Er scheiterte.

Ruckartig ließ er den Knaben los und schob ihn unsanft zur Seite, während er zu sich selbst murmelte und eigens den Kühlschrank durchstöberte. „Verdammtes Weib hat hoffentlich auch Bier gekauft…" Damit war sein Sohn wieder vergessen, dieser hielt seinen Blick weiter wütend auf den Mann fixiert, der nun so tat, als wäre nichts gewesen. Kurz darauf verließ der Vater mit einer Flasche in der Hand wieder die Küche und ging seines Weges.

Und jetzt, fast eine Stunde darauf, schmerzte seine Backe immer noch. Der Junge war sich sicher, dass man den Handabdruck sehen konnte, ein roter Fleck, der beinahe die Hälfte seines Gesichts einnahm.

Aber der Schmerz verblasste. Wie hypnotisiert betrachtete er von seinem Bett aus den Fisch, der allem Anschein nach zufrieden in seinem Glas schwamm. Der Goldfisch drehte ein paar Runden, glitt durch das Wasser und tanzte, wie es nur die Wellen konnten.

Irgendwann wurde das kleine Tier langsamer und blieb auf der Stelle stehen. Seine kleinen Glubschaugen waren dem Jungen zugewandt. Da beugte sich der Mensch vor, nur durch eine dünne Glasscheibe von seinem Haustier getrennt und überlegte, ob er seinem neuen Freund einen Namen geben sollte. Viele würden etwas mit Bedeutung wählen, davon war er überzeugt, aber er hatte immer gern geraten, wie jemand wohl hieß, je nach Aussehen.

Und dieser Goldfisch, der wirkte auf ihn eben wie ein Billy…

"Hallo, Billy! Ich bin Jeremy" und zum ersten Mal seit einer Ewigkeit lächelte der Junge ernsthaft.

Mein liebes Tagebuch...

Montag:

Jeremy lag auf dem Bett, es war gerade in der Früh und sein Zimmer wurde zunehmend heller. Er hatte die Hände hinter dem Kopf verschränkt und starrte zur Decke hinauf. „Weißt du, letztes Jahr, da hab' ich auf meinen Geburtstag vergessen. Manchmal verliere ich den Überblick, darüber wieviel Zeit vergangen ist und ich habe niemanden, der mir gratuliert hätte oder mich daran erinnern würde...Als ich das bemerkt habe, also, dass ich diesen Tag verpennt hatte, da waren bereits zwei Wochen rum. Das komische daran ist, dass mich das irgendwie deprimiert hat, dabei war mein Geburtstag eigentlich nie etwas Besonderes. Ein Tag wie jeder andere auch. Ganz und gar unnötig. Aber vielleicht bin ich dieses Jahr mal nicht allein – du wirst doch bestimmt da sein, oder Billy?" Der Goldfisch blubberte nur in seinem Glas. Doch dem Jungen genügte das, in dem Augenblick hatte er alles, was er wollte.

Dienstag:

„Ich habe also den Ball gedribbelt, genauso, siehst du? Stabiler Stand, das ist wichtig! Und ich dachte echt, dass ich dieses Mal eine Chance hatte. Im Vergleich zu mir, waren die anderen Riesen und ich eben nicht. Wir lagen echt weit zurück, 12 Punkte und es waren nur noch wenige Minuten, das hätten wir also gar nicht aufholen können. Aber die anderen aus dem Team schienen es auf mich abgesehen zu haben und ich meine nicht die gegnerische Mannschaft. Dabei hatte ich dem Coach gesagt, dass ich nicht gut im Sport bin, aber da ist in der Schule diese dumme Regel, dass du an mindestens einer Sportart teilnehmen musst. Naja, wie erwartet haben wir verloren und in der Umkleide, bei den Duschen, haben mich die anderen das auch spüren lassen. Die hassen mich" Er rannte durch sein Zimmer und spielte das Basketballmatch nach, an dem er damals teilnahm, hier und da sprang er hoch und machte mit der Hand eine Bewegung, als ob er einen Ball dribbelte und Korbschüsse probierte.

Mittwoch:

„Das letzte Mal, wo ich meinen Vater auf die Palme gebracht habe? Ich denke, das war vor etwa zweieinhalb Jahren. Ich weiß nicht mehr genau, warum ich so wütend war, aber ich hatte es an dem Vormittag darauf angelegt.

Mein Vater, ihm reißt sehr schnell der Geduldsfaden, das musst du wissen und zu jener Zeit verließen wir noch ab und zu gemeinsam die Wohnung, da hat er mich die Treppe hinuntergestoßen. Ich sag es dir, das hat vielleicht wehgetan. Am Ende hatte ich einen gebrochenen Arm und eine Gehirnerschütterung. Ich bin also noch gut davon gekommen...Aber du brauchst dir keine Sorgen zu machen, ich pass auf dich auf! Dir wird niemand etwas antun, immerhin gehörst du mir!"

Donnerstag:

Der Vater saß wie immer im Wohnzimmer auf seinem Sessel und trank vor dem Fernseher, die Mutter, die nicht oft ihr Schlafzimmer verließ, ging durch die Räume. Sie hatte schon länger nicht ihre Haare gewaschen, sie waren fettig und ihre Zähne waren gelb. Ihr war alles egal, das merkte man. Ihr Mann ließ sie ihn Ruhe, das war nicht immer so, aber jetzt, da war sie ihm genauso egal wie sie sich selbst. Es fraß sie auf. „Eine gute Erinnerung mit meiner Mutter zusammen? Ich weiß nicht, ob ich eine habe...Aber ich erinnere mich daran, als ich noch ganz klein war, dass sie mich anlächelte. Ich glaube, wir waren draußen, es war Winter und wir hatten viel Schnee. Ich war sicher nicht älter als drei oder vier und sie hob mich hoch und drehte sich. Sogar ich habe damals noch gelacht. Es ist nur ein Fetzen einer Erinnerung und um ehrlich zu sein, kann ich nicht sagen, ob sie wahr ist oder nur ein Traum. Heute kommt es mir so unwirklich vor. Was wenn es aber real war? Was ist schiefgelaufen und wann ging es den Bach hinunter? Ich glaube, bergab ging es vielleicht schon immer, es hat sich anfangs nur langsam angebahnt,. Ich war zu jung, um es zu bemerken, es zu verstehen oder beeinflussen zu können." Da hörte Billy auf zu schwimmen und blickte das Kind an. Es war, als würde er ihm wirklich zuhören.

Freitag:

„Ich bin auch gerne im Wasser, hab schon früh gelernt zu schwimmen und ich war richtig schnell, wie ich so durchs Wasser glitt. Aber am liebsten war ich unter Wasser. Einfach tief Luft holen und dann im Schneidersitz auf den Grund sinken lassen. Ich kann eigentlich ziemlich lange die Luft anhalten, nicht so lange wie du, aber doch recht lange, würde ich behaupten. Ich bin auch ein guter Läufer, dafür braucht man Ausdauer und eine gute Atmung. Außerdem ist mein letzter Asthmaanfall schon ewig her. Da mach ich mir also keine Sorgen mehr. Wie cool wäre es, wenn ich dich mit nach Draußen nehmen könnte, einfach weg aus dieser doofen Wohnung und diesem eintönigen Zimmer. Vielleicht machen wir das irgendwann Mal…einfach verschwinden, zusammen weglaufen in die weite Welt."

Samstag:

„Gott, ich bekomm' die Krise! Ich halte das nicht mehr aus. Wann hat sich die Welt gegen mich verschworen? Wenn ich sie nur allesamt loswerden könnte! Einfach jeden Menschen, den ich kenne oder der mir je über den Weg gelaufen ist. Ich hasse sie!" Jeremy war erzürnt, mehr als sonst, aber auch er konnte dem Druck nicht auf Dauer standhalten. Die Launenhaftigkeit seines Vaters, die Stimmungsschwankungen seiner Mutter und die Gehässigkeit der Mitschüler, wogen schwer auf seinen Schultern. Nicht mehr lange und er würde darunter zerbrechen. Für ihn waren diese Gespräche mit Billy wie

Therapie, doch es war ihm nicht bewusst, dass sie keineswegs half…

Redender Fisch – sonst noch was?

Sonntag:

„Wach auf, Jem! Hey, Bürschchen – ich rede mit dir" Der Junge, der noch im Bett schlief, rührte sich, als er allerdings diese fremde Stimme wahrnahm, schlug er schlagartig die Augen auf und fiel vor Schreck auf den Boden. „Aua!!! Verdammt, was zum...?" Jeremy rappelte sich auf und blickte über den Bettrand, doch da war niemand. Sein Zimmer war leer und verlassen. Er rieb sich die Stelle am Hinterkopf, wo er sich gerade eben gestoßen hatte. „Hey, Bürschchen, genau dich meine ich, oder siehst du hier sonst noch jemanden? Bist wohl nicht so helle..." *D-das ka-kann doch nicht wahr sein?!* „Umm, Billy?" Jetzt hatte er sich wohl einmal zu oft den Kopf gestoßen, sein Goldfisch redet. Er redet mit ihm. Das kann doch gar nicht sein...oder doch? Jeremy blickte verdutzt drein und seine Gedanken ratterten auf Hochtouren. „H-hast du mich gerade Jem genannt?" Bestimmt wäre das nicht die erste Frage gewesen, die andere Leute vielleicht gestellt hätten, aber Jeremy hatte noch nie von jemanden einen Spitznamen bekommen. Zumindest keinen, der ihn nicht irgendwie erniedrigen oder abwerten sollte. „Hmm, habe ich in der Tat. Ich finde es passt, immerhin hast du mir ja auch einen Namen gegeben. Da revanchiere ich mich gerne." „Achso, ja. Danke…denk ich?" Verunsichert und noch langsam in seiner Bewegung, stand er auf und setzte sich auf das Bett. Auch wenn es merkwürdig war, es ihn überraschte und er sich nicht erklären konnte, warum sein Goldfisch plötzlich zu ihm sprach, so wirkte es vertraut. Die letzten Tage hatte er immer wieder zu dem kleinen Fisch gesprochen und sich vorgestellt, wie es wohl wäre, wenn er ihm antworten würde. Der Zwölfjährige verspürte neben der Verwunderung seltsamerweise auch Begeisterung. Für ihn taten sich hier neue Möglichkeiten auf. Er konnte doch tatsächlich nun richtige Gespräche führen, die er sich nicht nur geistig vorstellte.

„Wenn du ich wärst, was würdest du tun?"

Das war eine Frage, die er schon immer Mal jemanden stellen wollte. Jemanden, der alles wusste, der ihn womöglich sogar verstand. Jemanden, der ihn nicht ignorierte, sondern sich ehrlich den Kopf über eine Antwort zerbrach. *Dieser jemand bist du, Billy.* Das ist wahrscheinlich schwer zu verstehen für jene, die nicht Teil der Geschichte sind, aber hier entwickelte sich gerade etwas Neues. Endlich wurde aus den einseitigen Monologen eines Jungen zu seinem Haustier, ein wahrhaftiger Dialog unter Freunden. Und für Jem war das das Beste, was passieren hätte können. Denn auch, wenn er sich das immer wieder einredete und mittlerweile selbst daran glaubte, so ist niemand gerne gänzlich allein.

„Lass mich dir etwas erklären: Diese Menschen, die du erwähnt hast, die dir Unrecht tun, solche gibt es wie Sand am Meer. Sie sind eine Plage, deshalb musst du sie daran hindern, sich auszubreiten. Du denkst, du müsstest größer oder stärker dafür sein, aber diese Menschen sind bloß Marionetten. Sie mögen es nicht wissen und du auch nicht, aber Marionetten lassen sich lenken. Der, der die Macht über sie hat, kann entscheiden, ob er sie immer schön wartet oder verkümmern lässt. Puppen können spröde werden, ihnen können Teile abfallen, sie können kaputt gehen. Aber du, du solltest einfach eine Wahl treffen." „Was für eine?" „Bist du der Strippenzieher oder die Marionette?" „Ich möchte natürlich die Fäden ziehen! Zu den anderen gehöre ich nicht…niemals"

„Na schön", Jem hörte, dass Billy seine Entscheidung guthieß, das verriet der Tonfall und er meinte, er hätte ein Lächeln erkennen können. Gespannt ballte er die Hände zu Fäusten und wartete ab, was als Nächstes zu ihm gesagt werden würde. Er hing gebannt an den Worten. „Wenn ich du wäre, fragst du? Ich würde mir nichts gefallen lassen, von niemanden. Die Welt ist voll von Menschen, die dich abweisen werden. Sie sind wie Insekten – in der Überzahl, aber du...stell dir Ameisen vor, tausende, die auf dem Boden krabbeln. Sie sind dir zahlenmäßig überlegen, aber tritts du auf sie drauf, dann werden sie von deiner Sohle zerquetscht. Sie nehmen keine Rücksicht auf dich, warum also solltest du Acht auf sie geben? Die Bewohner dieser Welt sind egoistisch, es herrscht eine Gesellschaft, bei der sich jedes Individuum für das Zentrum hält, trotzdem sind ihre Leben im Endeffekt nichts wert. Sie sind sinnlos, nutzlose Seelen, die sich vermehren und alles zu Grunde richten. Löscht du sie allerdings aus, dann würdest du es sehen. Du würdest es bemerken, denn nichts würde sich ändern, ob diese Person nun existiert oder nicht...macht das einen Unterschied?"

Darüber dachte Jem nun nach. Niemand hatte je so etwas zu ihm gesagt, aber es machte Sinn, nicht wahr? Nehmen wir seinen Vater als Beispiel, wäre er plötzlich weg, wie von der Erde verschlungen, fiele das jemanden auf? Würde das den Gang der Welt beeinflussen? Vielleicht waren manche Menschen ja wirklich nur hier, um ihm ein Hindernis zu sein, denn er sah nicht, welchen Nutzen sie der Gesellschaft brachten. In dem Augenblick vergaß er, dass diese Menschen auch Familie haben könnten, ein Privatleben, vielseitige Persönlichkeiten, die alle besonders und komplex waren. Jeder einzelne war wichtig, auch wenn einige durchaus mehr Einfluss ausübten, so wäre ihr plötzliches Ableben doch wie der Schmetterlingseffekt. Schlägt irgendwo ein Schmetterling mit seinen Flügeln, so fällt woanders der Regen. So unbedeutend dies auch scheinen mag, so macht es doch einen Unterschied.

Aber dieses Kind geriet auf Abwege, schon lange hatte es den Sinn für die Realität verloren und sich auf einen Tunnelblick versteift. Sein neuer Freund bestärkte ihn und zeigte, dass er nicht der Einzige war, der so dachte. Und da er nicht alleine mit seinen Gedanken war, so mussten sie doch auf irgendeine Weise wahr sein?

Verbrannte Eier, ein schlechtes Zeichen!

Es kam selten vor, eigentlich kaum, dass die Familie zur gleichen Zeit beim Tisch saß und aß. Aber an diesem Morgen trat das Wunder ein. Mit knurrendem Magen war Jem aufgewacht und wollte sich etwas zu Essen holen. Als er in die Nähe der Küche kam roch er es bereits. Eier und Speck, doch es roch viel mehr angebrannt als wirklich genießbar. Trotzdem war er verdutzt. Seine Mutter stand doch tatsächlich beim Herd und briet Eier und Speck an. Sie brutzelten laut in der Pfanne und das Fett spritzte überall hin. Nicht, dass es jemanden in diesem Haushalt kümmerte. Es war schon komisch für ihn, dass seine Mutter sich eine Schürze übergeworfen hatte und tatsächlich Frühstück machte. *Das ist bestimmt ein Traum…*, dachte er. Allein die Tatsache, dass sein Vater beim letzten Einkauf an ein Frühstück gedacht hatte, hinterließ bei ihm ein schwindelerregendes Gefühl. Er setzte sich mit aller Vorsicht seinem Vater gegenüber. Er las gerade Zeitung und schien wieder in einer Phase des Ignorierens zu sein. *Gut.* Dann hatte Jem erstmal nichts zu befürchten. Seine Mutter drehte sich zu ihm um. Sie lächelte, aber es wirkte seltsam. Nicht wie damals aus seiner Erinnerung, sondern eher als würde sich etwas dahinter verbergen. Das gefiel dem Jungen nicht. Die Mutter ging auf ihn zu und stellte ihm einen Teller auf den Tisch. Da fuhr sie ihm doch tatsächlich durch die Haare, sah ihn mit diesem Blick an, den er nicht deuten konnte und kam mit der Pfanne zurück. Eier und Speck wurden auf seinen Teller geschaufelt. Fast hätte es gut ausgesehen, wären da nicht die ganzen schwarzen Flecken, wo das Essen angebrannt war. Der verkohlte Geruch schien sich auf den Geschmack auszubreiten. Nach einigen Bissen war ihm der Appetit gründlich vergangen. Aber würde er nicht aufessen, könnte das vielleicht die Aufmerksamkeit seines Vaters erregen. Dieser legte nun nämlich die Zeitung zu Seite und ließ sich ebenfalls bedienen. Jem war weiterhin misstrauisch. Die Mutter setzte sich zuletzt dazu und hatte am wenigsten zu Essen. Ihr Mann hingegen begann sofort alles in sich hineinzuschaufeln. Sein Gegenüber war angewidert, denn die Lippen des Mannes glänzten und trieften vom Fett. Er schmatzte und riss bei jeder Gabel den Mund weiter auf. Die Frau des Ekelpakets stocherte lediglich im Essen herum, kurz kam Jem der Gedanke, dass sie vielleicht versuchte sie alle zu vergiften. Für die Frau wäre das bestimmt auch eine Form der Erlösung. Als der Junge die beiden Erwachsenen auf der anderen Tischseite betrachtete, fragte er sich immer wieder aufs Neue: *Warum ich?* Wäre er nicht ihr Sohn, wäre er nicht hier aufgewachsen, was für ein Leben hätte er dann vielleicht gehabt? Wie wäre er gewesen? Manchmal stellte er es sich abends vor. Alternativ Versionen dieser Welt, in denen er gerne gelebt hätte.

Dieses Geräusch, das Schmatzen und das Stochern der Gabel auf dem Teller, es nervte ihn. Mit jedem Augenblick wurde er wütender. *Seid still! Seid still, verdammt!* Seine Gedanken übertönten die nervigen Klänge und er starrte immer mehr. Es fiel dem Paar nicht auf, zum ersten Mal seit langem saßen sie gemeinsam an einem Tisch, aber er war immer noch wie Luft. Je mehr er starrte, desto mehr fielen ihm die kleinen Brösel auf, die aus dem Mund seines Vaters fielen. *Keine Brösel, Ameisen. Aus seinem Mund kriechen Insekten.* Wandte sich doch beim nächsten Mal als er den Mund aufriss ein Wurm in seinem Mund, wo noch Reste von seiner letzten Gabel Ei waren. Als

Jeremy ihm so in den Rachen blicken konnte, erkannte er nichts Menschliches, sein Gaumenzäpfchen, die Zunge, einfach alles, war von kleinen Käfern bedeckt und mehr schienen nachzukommen. Die Geräusche waren nun andere. *Summen.* Er wandte seinen Blick ab und wendete sich seiner Mutter zu. Aus ihrem fettigen Haar kamen diese Mistviecher auch, eine Kakerlake fiel auf den Tisch und rannte auf Jem's Teller zu. Sie erreichte ihn flott und setzte sich auf ein Stück Speck. Jem beobachtete sie. Langsam führte er das Messer auf das Insekt zu, wie als wäre das sein Frühstück, stach er mit der Gabel zu. Ihr Körper wurde durchbohrt und der Kopf mit seinem Messer abgetrennt. Sie zuckte und zappelte kurz, bevor die Kakerlake dann still war und sich nicht mehr regte.

Er war die Krähe, die sich auf dem Feld gnadenlos ihre Beute schnappte.

Billy hatte recht, er sollte sich selbst nicht unterschätzen, doch es war gut, wenn es die anderen taten. Niemand würde damit rechnen, dass auch er eine Bedrohung darstellen könnte. *Sie sind eine Plage für diese Erde, und ich bin derjenige, der dies nun erkennt und danach handeln wird. Ein Puppenspieler ist dazu da, um seine*

Marionetten zu lenken. In meinem Fall soll der Gejagte zum Jäger werden. Es wird dauern bis man sein Ziel erfasst hat, man braucht Geduld und der erste Schuss wird nicht direkt gelingen...aber wenn man sich auf sein Ziel fokussiert, dann wird man es irgendwann erreichen. Wichtig ist, dass man über die Startlinie tritt, denn sobald man das schafft, ist man bereits im Rennen. Alles, was danach kommt ist vorerst irrelevant, es geht nur um diese eine Hürde. Diese erste und schwierige Schwelle, die man überwinden muss.

Noch bin ich mir nicht sicher. Ich weiß nicht, ob ich dazu in der Lage bin, aber eines weiß ich: ich bin nicht mehr allein!

Und diese Menschen, die mir gerade gegenübersitzen, die mich ignorieren oder mich Tag ein, Tag aus verletzten – stehen mir im Weg!

Der rote Faden

Ich sehe ihn vor mir. Einen dünnen, roten Faden. Es gibt keinen Anfang und kein Ende. Aber er hängt durch, wie eine Parabel und schwingt leicht hin und her. Sonst ist da nichts. Nur ein Faden...

Auch wenn Jem sich gerne verkroch und sein Leben in Einsamkeit genoss, wagte er sich hier und da mal nach draußen. Zu Hause wurde es ihm schon zu stickig, davon bekam er Kopfschmerzen. Sommerferien waren doch recht praktisch, aber dieses Wetter, das ging ihm sehr auf die Nerven. Nie konnte es perfekt sein, immer war es zu heiß oder zu kalt. *Grauenhaft.* Und dann die ganzen Menschen, die lachten, sich bei einem Eis unterhielten und den Kindern beim Spielen zusahen. Jem ging ihnen so gut er konnte aus dem Weg. Er war jetzt schon fast vierzig Minuten spazieren. In letzter Zeit unternahm er kaum etwas, er nutzte vielmehr jede Gelegenheit, um sich mit Billy auszutauschen. Der Goldfisch hatte doch tatsächlich gute Ratschläge, auch wenn es ihm manchmal vorkam, als hätte er einige Sprüche aus Glückskeksen geklaut. Erst vor kurzem war da eine Situation:

„Ich hasse diese Gegend! Ich habe dir von diesem Typen erzählt, der mich oft zusammenschlägt. Dieser Vollhonk wohnt nur ein paar Straßen weiter und ich vermeide es grundsätzlich ihm über den Weg zu laufen."

„Mit dieser Einstellung wirst du nie dazulernen. Die Psyche ist komplex, weißt du? Würde es dir nicht gefallen, wenn du ihm richtig Angst einjagen könntest?" „Wie soll das denn gehen?"

„Bis jetzt bist du sicher immer still geblieben, hast alles über dich ergehen lassen, standest selbst kurz vor einem Tränenausbruch, aber..., wenn es dir schlagartig nichts mehr ausmacht, dabei rede ich nicht von Gleichgültigkeit, sondern von Emotionen, die da gar nicht hingehören. Freude. Betrachte das Ganze als Spiel. Noch verlierst du, aber je stärker dein Gegner, desto stärker wirst du. Willenskraft ist das, was dir noch fehlt. Wenn du am Boden liegst, dann steh gefälligst wieder auf. Egal wie schmerzhaft es ist, egal wie sehr du aufgeben willst, steh auf und bring die anderen zu Fall!"

Mit einem Mal ist der Faden gespannt. So gerade und stabil, dass es so wirkt, als könnte man mit ihm Stahl schneiden, so wie ein Messer durch Butter. Unerschütterlich, aber...

„Hehehehe, seht mal! Diese Katze ist voll niedlich", leise konnte man die Stimme aus der Seitengasse vernehmen und Jem hielt an. „Das Vieh von der Straße findest du niedlich? Meine Katze, die ist cool. Aber auch echt wild, fast wie ich!" Diese Stimme erkannte er nun klar und deutlich. *Wenn man vom Teufel spricht.* Er könnte sich noch umdrehen und weggehen. Keiner hatte ihn bis dahin bemerkt. Aber Billy hatte recht, er konnte nicht ewig der Verlierer bleiben. Dafür musste er allerdings etwas unternehmen, er konnte nicht mehr tatenlos bleiben, es wurde Zeit für einen Sieg.

Geradewegs ging er weiter, auf die Seitengasse zu und schritt langsamer voran. Wenn er langsam genug vorbeiging, dann würde er bestimmt ihre Aufmerksamkeit bekommen. „Hey, Jungs! Seht mal wer da ist? Unser Lieblingsopfer…hast du dich verlaufen?" Dieses höhnische Grinsen, diese rausgestreckte Brust, wie er sich aufplusterte. *Idiot…*

Heute fühlte sich Jem mutig und auch etwas vorlaut. Der Blick, den er diesen Ratten zuwarf, ließ das Grinsen seines Kontrahenten für kurze Zeit fallen. Auch seinen

Kumpeln lief ein kalter Schauer über den Rücken, der ihnen die kleinen Härchen im Nacken aufstellte und ihnen eine Gänsehaut verpasste. Ein Blick, der einen Spiegel in tausend Scherben zerbrechen könnte, kalt wie Eis. Sein ganzer Hass steckte dahinter, aber diese Wut sah man im Stechen seiner Augen, während sein Gesicht keine Emotionen verriet. „Wie…" Er neigte seinen Kopf zur Seite. Seine Stimme hatte einen anderen Tonfall als sonst, er konnte es sich selbst nicht erklären. Aber es gefiel ihm, wie still sie auf einmal wurden. „…war nochmal dein Name?"

Stille. „Waaaaas?!" Da hatte sich der größere Junge wieder gefangen und schloss die Distanz zwischen ihnen. Er packte Jem am Kragen und schüttelte ihn gewaltsam. „Du Mistkerl! Das Freche treib ich dir schon noch aus, wart's ab!" Der Rüpel stieß ihn zu Boden. Er hatte sich auf den Ellbogen und Unterarmen abgefangen. Der Asphalt war rau und tat weh, aber er hörte und fühlte nur das Pochen seines Herzens. *Dieses Gefühl? Dieser Rausch?* Er fühlte sich gut. Nein, sogar großartig.

Der Namenlose trat nun mit seinen Füßen zu. Gegen seine Seite auf die Rippen. Der Ältere schlug, stieß und stampfte. Seine Kumpel standen abseits und sahen zu. Sie schienen immer noch verwirrt. „Dieser Junge hat sich irgendwie verändert", dachten sie. Doch dieser Gedanke hinterließ ein ungutes Gefühl. Normalerweise hätten sie bereits bei der Tracht Prügel mitgemacht, aber etwas verriet ihnen, dass heute nicht der richtige Zeitpunkt dafür war. Jem lag am Boden, seine Atmung war schwer und tief, er hustete. „He, ihr! Was ist los mit euch? Steht da nicht nur so dumm rum!", der Rüpel wandte sich an die beiden anderen Jungen. Diese erwiderten seinen Blick.

„HahahhahhaHaHaHaAHHAHHAHAHAHAHA!!!"

Was als leises Kichern anfing, wurde lauter und nahm die Dimension eines Gelächters an. Keines bei dem man womöglich mitlachen würde, es klang eher als wäre jemanden gerade eine Sicherung durchgebrannt. Er konnte nicht aufhören zu lachen. Währenddessen setzte er sich mit Mühe auf und schaffte es schließlich zu stehen. Leicht schwankte Jem, aber sein Lachen verstummte und wurde zu einem bösen Grinsen.

Die Katze auf den Mülltonnen fauchte und verschwand blitzartig. Die Jungen folgten ihrem Beispiel.

...ein Schnitt reichte und der Faden wurde durchtrennt.

Dafür gibt es echt keine Erklärung – sorry.

Die Dunkelheit konnte oftmals furchterregender sein, als sie es ohnehin war. Obwohl der Mond hoch am Himmel stand und die Sterne klar auf dem dunklen Hintergrund zu erkennen waren, fühlten sich die vier Wände, die ihn umgaben, wie ein Käfig an. Dort, durch das kleine Fenster, konnte er die Freiheit erblicken. Sie war weit entfernt und, für einen kleinen Jungen wie ihn, unerreichbar. Wie lange noch müsste er an den eisernen Stäben rütteln, bis sie endlich nachgaben? Er konnte seinen Arm zwischen den Stangen hindurch stecken, er streckte seine Hand aus bis die Spannung seine Fingerspitzen erreichte und versuchte nach eben jenen Sternen zu greifen. Aus diesem Blickwinkel sah es aus, als hielte er sie bereits fest in der Hand, sobald er diese schloss und die Lichtquellen dadurch verdeckte. Sterne waren schön und obwohl sie vielleicht schon längst erloschen waren, strahlte ihr Licht immer noch und erhellte die Finsternis für alle, die sich sonst darin verloren hätten.

Darüber kreisten Jeremys Gedanken, während er langsam den Schlaf fand. Er schlief nicht fest. Niemals. Deshalb war es kein Wunder, dass in das leise Knarren seiner Türe weckte. Die Türe hatte kein Schloss, wie gut wäre es, wenn sie eines hätte. Dann würde er sich womöglich an einem Ort tatsächlich gänzlich sicher fühlen. Mittlerweile fragte er sich, ob die Dunkelheit, die ihn zu umgeben schien, von ihm ausging. Eine Aura, die ihn auf Schritt und Tritt verfolgte. Sie hing an ihm, ließ nicht los. Man hätte noch so fest versuchen können daran zu ziehen, damit sie endlich verschwände. Aber diese Aura war es vermutlich auch, die die Leute um ihn herum beeinflusste – war er es, der das Schlechte in den Menschen hervorbrachte? „Da kommt jemand, Jem", ein Flüstern neben seinem Bett schärfte seine Sinne. Seine Augen waren nun offen und er versuchte ganz still zu sein. Er lauschte genauer. Er hatte vorher nur die Türe gehört, aber jetzt erkannte er auch Schritte. Es war nicht sein Vater, der betrunken in das falsche Zimmer ging. Die Füße schliffen leicht über den Boden, als ob die Person keine Kraft hätte diese zu heben. Anhand der Schritte konnte Jem schon einiges über die Person sagen, sie ging keineswegs mit Selbstvertrauen. Sie ging nicht schnell und fast unbemerkt durch den Raum, das tat sie fast schon unbewusst. *Unsicher,* so würde er diesen Menschen beschreiben. *Mutter,* würde er ihn nennen. Was wollte sie? Seine Mutter hielt sich sonst eher im Elternschlafzimmer auf, in das sein Vater hingegen kaum ging. Der verbrachte mehr Zeit im Wohnzimmer. Und Jem? Der war in seinem Zimmer. Sie wohnten zwar zusammen, aber ihre Wege kreuzten sich so wenig wie möglich. Sie hatten sich auseinandergelebt und kein Interesse mehr daran, ihre Beziehung aufzufrischen. Die Liebe war schon lange verflossen.

„Sie ist stehen geblieben. Sie steht direkt vor deinem Bett." *Was tut sie?*, dachte der Junge und war heilfroh als Billy seine Gedanken zu lesen schien. „Nichts. Sie starrt dich an..."

Das war neu. Und es gefiel ihm nicht. Ihm war kalt, aber trotzdem schwitzte er und hielt den Atem an. Das tat er immer, wenn ihn die Panik übermannte.

Der Junge war nicht auf Überraschungen vorbereitet. *Warum starrt sie mich an? Schlafwandelt sie? Bitte, geh weg!*

„Bleib ruhig, keine voreiligen Schlüsse" Jem spürte, wie sie eine Hand auf seinen Kopf legte. Er lag die ganze Zeit auf der Seite und mit dem Hinterkopf zu ihr gedreht. Sie wusste also nicht, dass er wach war. Seine Mutter fuhr ihm durchs Haar und streichelte ihn sanft. Doch es fühlte sich nicht gut an. Die Angst des Jungen wollte nicht nachlassen. Die Matratze wurde seitlich niedergedrückt und die Frau legte sich neben ihren Sohn. Sie schmiegte sich an ihn und wandte sich, sodass sie ihn umarmte. Sie roch an seinem Haar und atmete schnell. „Du wirst so schnell groß, mein Junge. In letzter Zeit fällt es mir immer mehr auf, wie sehr du ihm ähnelst.“ Sie strich ihm wieder durchs Haar. „Er beachtet mich nicht mehr…Ich fühl mich alleine. Aber weißt du, auch ich habe Bedürfnisse.“ *Verschwinde doch endlich!* „Er verwehrt mir seine Nähe. Aber du nicht, oder Jeremy?“ Ihm wurde unwohl. Er bewegte sich etwas. Wenn sie bemerkt, dass er wach wird, dann wird sie bestimmt gehen. Aber das tat sie nicht. Sie umschlang ihn fester und presste sich an ihn. Mit einem Mal wurde Jem klar, dass seine Mutter nichts als ihre Unterwäsche trug und ihre fettigen Haare, die stellenweise verfilzt waren und Spliss an den Enden hatten, ihm im Nacken kitzelten. Er zitterte am ganzen Körper. „Meinem Liebling ist kalt. Keine Sorge, ich halte dich warm.“ Sie sprach so leise…lange Zeit hatte sie nichts gesagt, er hatte vergessen, wie ihre Stimme klang. Das Lächeln, das er in seiner Erinnerung gesehen hatte, verschwamm plötzlich. Diese Frau von damals existierte nicht mehr. Neben ihm lag eine Fremde mit Wahnvorstellungen.

Dein Liebling also. Seit wann das?

Aber sie hatte seinen Namen nicht vergessen. Manchmal hatte er das Gefühl, ihn selbst zu vergessen. Ihn jetzt aus ihrem Mund zu hören, fühlte sich nicht richtig an.

Jeremy habt ihr mich genannt, aber da konnte ich noch nicht mitreden…Ich bin Jem!

Da drehte er sich rasch um und stieß mit seiner ganzen Kraft die Frau aus dem Bett. Mit einem lauten Rumps landete sie hart auf dem Boden und schrie hysterisch auf.

Aua – tut weh – gemein!

Natürlich suchte sich der Vater diesen Moment aus, um sich um etwas zu „sorgen". Die offene Türe, die nur noch angelehnt war, wurde mit Wucht aufgestoßen und das Licht angeschaltet. Jem kniff bei dem plötzlichen Erscheinen der Helligkeit die Augen zusammen und versuchte sich an das Grelle zu gewöhnen. Sein Vater, der kaum Interesse daran zeigte, die Umstände und Hintergründe der Situation zu erfahren, kam zu dem raschen Schluss, dass sein Sohn in jedem Fall die Schuld trug. Was hätte er auch denken sollen, wenn seine Frau, kaum bekleidet, nachts auf seinem Boden lag und plötzlich schrie? Wie immer hatte er weder die Geduld noch die mentalen Fähigkeiten eins plus eins zusammen zu zählen und kam auf das falsche Ergebnis. Jem war daran gewöhnt und trotzdem war die Wut, die auf dem Gesicht des Mannes nun sichtbar wurde, intensiver als sonst. Als wäre er zuvor bloß die Ruhe vor dem Sturm gewesen. Nun traf ein Gewitter ein und ließ es auf den Jungen herabregnen.

Sein Vater, in dem Moment war er es auf keinen Fall, war dem Kind gegenüber gnadenlos. In diesem Augenblick mehr denn je. Die Mutter, der theatralisch eine Träne über die Wange kullerte, bei der sich Jem fragte, ob sie überhaupt echt war, blieb die ganze Zeit still. Sie ließ sich nichts anmerken und saß nur auf dem kalten dreckigen Boden. Der Junge hatte versucht sich mehr und mehr in eine Ecke zu verkriechen, aber sein Zimmer war leer und bot kaum Schutzmöglichkeiten. *Wieder ins Gesicht...* Schützend hielt er die Arme davor und versuchte den Schaden so gut er konnte abzufangen und zu minimieren. Aber obwohl der Mann schon schwer atmete und keuchte, ließ er keine Sekunde nach. Aus dem Augenwinkel sah Jem wie der kleine Goldfisch in seinem Glas hin und her schwamm. *Er ist wohl aufgeregt.*

Sein Sehvermögen hatte nach dem siebten Schlag deutlich nachgelassen, er erkannte nur noch Konturen und die Umrisse seines Vaters, der wie ein wildes und ungezähmtes Tier war. Eine Kraft der Natur, die nicht zu bändigen war. *Dabei bin ich der Startlinie schon näher gekommen. Ich konnte sie sehen. Wenn ich jetzt schon nicht mehr vorankomme, wie soll ich dann je wissen, ob ich es hätte schaffen können?*

Seine Mutter war verschwunden. Sie saß nicht mehr da, wo sie zuerst zu Boden ging. Sie war nicht einmal mehr im Raum. Sie musste aufgestanden und stillschweigend gegangen sein. *So siehst du also aus!* Der Junge konnte nicht anders, als zornig zu werden. Er verstand sie nicht, niemanden. *Warum? Warum?!* Er konnte es nicht verstehen und er wollte es auch nicht verstehen. Was hat Billy damals zu ihm gesagt? „Sie verstehen dich nicht. Wie könnten sie? Sie denken nicht wie du, sie fühlen nicht wie du – maßt du dir an, dass du ihre Taten nachvollziehen könntest? Wieso brauchst du denn überhaupt Gründe? Reicht es dir nicht, dass es so ist." Törichter Junge.

Gott, verdammt! Da musste Jem beinahe wieder lachen. Dass ein Fisch ihm Mal Ratschläge geben würde…verrückt. Aber seit damals, seit er bei diesem Bach war, hatte er sich viele Ratschläge geholt. Woher kam das, dass ein Tier, das in einem Glas hauste, ihm menschlicher vorkam als die Menschen selbst?

Dabei wusste er nicht, wo er sich selbst einordnen würde. Er war ein Außenseiter, das blieb er noch. Aber bedeutete das auch, dass er anders war als diejenigen, die er verabscheute? Er konnte das nicht wissen. Wissen konnte er nichts mit Sicherheit. Er glaubte allerdings und er hatte Überzeugungen entwickelt.

Selbst, wenn er nicht besser sein sollte, hielt ihn nichts davon ab, Geschworener und Richter zu sein. Er wollte ein Urteil fällen. Er wollte den Hammer schwingen. Er wollte die Strafe verhängen.

Niemand kann mich davon abhalten. Wovor sollte ich also zurückschrecken?

Und als er mit sich selbst im Monolog war, da fiel ihm auf, wie still es geworden war. Sein Vater war weg, von seiner Mutter gab es auch jetzt keine Spur mehr, nur der orangene Goldfisch schwamm seine Runden. Wieder mit sich im Einklang, seelenruhig und friedlich.

Der Geschmack von Erdbeeren

Ich fühle mich wie ein Jenga-Turm. Baustein auf Baustein, zusammen bilden sie eine stabile Konstruktion. Jeder Teil ist wichtig für den Zusammenhalt. Aber nach und nach verschwinden einige Teile und mit ihnen auch der Halt. Wenn er nicht gleich umkippt, dann sieht er nach einer Weile skelettartig aus, hier und da ragen Enden heraus, die Ecken und Kanten geben dem Turm eine neue und einzigartige Form. Aber zieht man dann noch einen Stein weg, oder kommt nur der kleinste Windstoß und trifft auf das wackelige Konstrukt, stürzt es in sich zusammen und liegt in seinen Einzelteilen verstreut auf dem Boden. Dieser Jenga-Turm ist mein Verstand. Es ist, als ob mit der Zeit auch meine Stabilität schwindet, als würde ich Selbst in mich zusammenstürzen.

Er lag immer noch in seinem Zimmer und hatte nicht die Motivation dazu sich zu rühren. Er lag da und dachte nach. Über alles Mögliche. Und über nichts…
Die Schulärztin hatte auch ein Aquarium gehabt, in dem viele verschiedene Fische schwammen und kleine Schnecken auf der Scheibe klebten. Er hatte sie immer

beobachtet und die Stimme der Ärztin ausgeblendet, nachdem ihm wieder Mal einer der Jungen verprügelt hatte. Normalerweise kümmerten sich die Lehrer nicht darum, wenn es in der Pause geschah. Vor oder nach der Schule war er auch nicht mehr in ihrer Verantwortung. Aber dieser Vorfall ereignete sich in der Klasse, während des Unterrichts und konnte deshalb unmöglich ignoriert werden. Als Vorsichtsmaßnahme wurde er also zur Schulärztin geschickt, doch niemand hatte ihn begleitet. Er hatte nur eine aufgesprungene Lippe, daher war es für Jeremy halb so wild. „…ich kann dir für den restlichen Tag eine Entschuldigung ausstellen." *Hä?* Er blickte sie an, ohne zu realisieren, was sie gesagt hatte, aber er war sich sicher, dass sie mit ihm sprach. Die weißen Wände irritierten ihn. *Wie im Krankenhaus.*

Nein, er konnte Ärzte nicht leiden. Die meisten hielten sich für etwas Besseres, redeten immer im Fachvokabular, um zu verschleiern, dass sie eigentlich keine genauen Diagnosen aufgestellt hatten. Vielleicht kotzten ihn Politiker auch deshalb an? Immer um den Brei redend und nie auf den Punkt kommend. Traurig, dass sich die Bevölkerung damit zufrieden gab.

Die Ärztin hielt ihm einen Zettel hin, das riss ihn erneut aus seinem Tagtraum. „Hier, geh lieber nach Hause und ruh dich aus. Ich weiß, es ist nicht so schlimm, aber ich will nur sicher gehen, okay?" *Seltsam...sie ist nett.* Er konnte sie zwar nicht leiden, aber er fand auch, dass er sie nicht hasste. Er nickte vorsichtig. Da hielt sie ihm etwas vor die Nase und er war überrascht. *Was für ein Klischee.* „Ich weiß, aber es hilft trotzdem. Und schmecken tut es auch. Na los, nimm nur! Erdbeergeschmack - hab ich am liebsten" Er hatte das vorhin wohl laut gesagt. Ihr Lächeln wirkte so aufrichtig. Und sie richtete es an ihn.

Er nahm den Schlecker an und ging mit der Entschuldigung in der Hand aus dem Krankenzimmer. Nach Hause wollte er nicht und in die Klasse auf keinen Fall zurück. Er machte sich also auf den Weg nach oben auf das Dach der Schule, wohin er sich häufiger zurückzog. Von dort hatte man eine gute Aussicht und er wollte die Zeit für sich nutzen. Er setzte sich also hin, ganz alleine, jeder war im Unterricht und keine Menschenseele war zu erblicken. Der Wind blies ihn durch die Haare und rauschte in seinen Ohren. Er kramte sein Jausenbrot aus dem Rucksack und aß. Die Krümel, die hinabfielen lockten kleine Vögel an, die sich ihm zaghaft näherten. Eigentlich waren sie ja ganz süß, wie sie so zwitscherten und auf den dürren Beinchen hüpften.

Die ersten Wolken tauchten auf und verdeckten die Sonne, es sah nach Regen aus und schlagartig änderte sich das Wetter. Es fing mit wenigen Tropfen an und wurde rasant stärker. Schließlich schüttete es und Jem saß weiterhin nur mit seinem T-Shirt draußen und sein ganzes Gewand wurde durchnässt. Der Stoff klebte an seiner Haut und kühlte ihn stark ab. Er warf seinen Kopf in den Nacken und blickte gen Himmel. Er schloss die Augen und spürte die einzelnen Tropfen, wie sie unregelmäßig auf ihn herabrieselten und auf seiner Haut zerplatzten. Das Wasser lief ihm hinab, denn auch seine Haare waren klitschnass. Er öffnete den Mund und streckte die Zunge raus. *Schmeckt Regenwasser anders als das Wasser aus den Leitungen?* Für ihn wirkte dieses Wasser natürlicher, aber auch unreiner, nicht so sauber. Es schmeckte nach etwas, so wie Tränen salzig schmeckten, aber er konnte es nicht definieren. Es war einfach bloß Regen.

Er legte sich zurück und hätte auf der Stelle einschlafen können. Sonst hasste er eigentlich jegliche Art von Wetter. Aber jetzt gerade, an diesem Ort, zu diesem Zeitpunkt, schien es zu seinem Gemütszustand zu passen. Der Junge griff in seine Hosentasche und zog den Schlecker heraus. Er löste ihn aus der Verpackung und steckte ihn in den Mund.

Jem ruhte sich aus und blieb liegen. Seine noch offene Lippe brannte.

Genauso fühlte er sich gerade in seinem Zimmer. Er dachte an diesen Tag zurück und fühlte sich plötzlich auch wie damals, so konnte er wohl ewig verharren.

Erdbeere schmeckt tatsächlich.

Die Katze aus dem Sack

Bereits tags darauf war die Startlinie überschritten.

Ryan, den Jeremy stets den Rüpel nannte, wohnte bekanntlich nicht weit weg. Der Bursche, der unserer Hauptfigur das Leben schwer machte, war ein ganz normaler Junge. Gewiss, er war gemein und arrogant, aber ebenso ein Teenager, der nicht darüber nachdachte, was er mit seinen Taten verursachte. Dass er seine Aggressionen an der falschen Person ausließ, musste er erst noch realisieren. Nichtsdestotrotz genoss er die Sommerferien. Er hing mit seinen Freunden ab und erlaubte sich hier und da ein paar Späßchen in der Nachbarschaft. Er selbst wusste, dass er keinen allzu guten Ruf hatte und daher der Grad seiner Unbeliebtheit stetig stieg. Aber seine Klassenkameraden bewunderten ihn. Er war stark, sagte seine Meinung und sie wussten, er verteidigte diese auch mit allen Mitteln. Es ergab sich also von selbst, dass sich ihm keiner direkt in den Weg stellte.

Seine Eltern hatten sich damals oft gefragt, was sie in der Erziehung hätten anders machen müssen, damit er ein besserer Bürger, ein funktionierendes Zahnrad in der

Gesellschaft, werden würde. Heute schüttelten sie nur noch ihre Köpfe, wenn er wieder eine Fensterscheibe einschlug oder sich mit anderen prügelte.

Er hatte sein Tanktop und seine kurzen Sporthosen angezogen, denn er war gleich zu einem Treffen mit den anderen Jungs verabredet. Vor kurzem hatte er den Loser aus seiner Klasse getroffen. Er würde nie zugeben, dass ihn dieses Aufeinandertreffen beunruhigt hatte. Vielleicht sollte er sich künftig nicht mit ihm anlegen? Er ließ es sich nicht anmerken, aber oft, wenn er dann darüber nachdachte, warum er diesen Knirps wehtun wollte, da fiel ihm keine Antwort ein. Bestimmt wegen der ersten Begegnung. Ihre Rivalität hatte bereits in ihrem ersten gemeinsamen Schuljahr angefangen. Ryan war mehrmals sitzengeblieben und da war dieser Junge, der bei der kleinsten Provokation die Klappe aufriss und genau wusste, wo es den Anderen treffen würde. Jeremy sah zwar nicht nach viel aus, aber er war doch tatsächlich ein gerissener Hund. Wie sehr ihn das nervte! Er ist der Ältere, der Größere, der Stärkere…wie hätte er sich so etwas also gefallen lassen können? Ryan hätte es allerdings gut sein lassen sollen, aber seitdem hatte er es eben auf den Außenseiter abgesehen. Und diese Rivalität schien seine Kumpanen angesteckt zu haben. Er war schon immer, trotz seiner Eigenart, bei den Gleichaltrigen sehr beliebt gewesen und hatte schnell Freunde gefunden. Allerdings hatte er die Erfahrung gemacht, dass diese meist nur Mitläufer waren und sich selten auf Dauer mit ihm abgeben wollten. Er war also oft allein, auch wenn er von vielen Leuten umgeben war. Sie lachten mit ihm und interessierten sich für ihn. Umso schwerer war es zu ertragen, wenn sie plötzlich weg waren. Es kam immer der Tag, ab dem keiner seiner alten Freunde mehr zu ihm kam und ihn um sich haben wollte. Ryan würde sie daher als Gelegenheitsfreunde betrachten und versuchte, immer seine Distanz zu wahren, denn häufig traf ihn der Verlust mehr, als er zugeben wollte. Er fand gerne neue Freunde, noch lieber würde er sie allerdings halten können. Was bringen sich hunderte Freunde auf kurze Zeit, wenn man nur wenige für die Ewigkeit haben könnte?

Ich glaube, das ist der wahre Grund…, dachte Ryan, der sich seine AirPods in die Ohren steckte und seine Playlist anmachte. Der Grund, warum er Jeremy als Konstante sah. So auf ihn fixiert war. In dieser Klasse war er nun schon eine Weile und während er wusste, dass er seine Freunde wieder verlieren würde, sah das mit einem Feind vielleicht anders aus. Es würde sich zeigen.

Der Junge schickte noch eine Nachricht über sein Smartphone an die anderen, dass sie sich ruhig Zeit lassen könnten. Er wollte vorher noch eine Runde joggen gehen.

Ryan verließ das Haus und stand im Vorgarten. Die Sonne strahlte heute wieder stark herab, weshalb er tief einatmete. Er sollte es mal etwas ruhiger angehen.

Dennoch verfiel er gleich in einen schnelleren Schritt und blieb ruckartig stehen. *Rosenblätter?* Wie seltsam, dabei hatten sie gar keine Rosen. Schon gar keine weißen. Es schien, als hätte jemand damit eine Spur gelegt. War jemand eingebrochen und niemand hatte es bemerkt? Er nahm die Kopfhöher wieder hinaus und folgte der Spur. Zuerst lagen nur vereinzelte weiße Blätter am Boden, aber je weiter die Fährte führte, desto mehr wurden es. Er konnte sich gut denken, dass seine Eltern nicht darauf geachtet hatten, als sie das Haus an diesem Morgen verließen, um in die Arbeit zu fahren. Sie waren oft im Stress, hatten viel zu tun und arbeiteten viel und lange. Das Haus hatte er daher eigentlich meistens für sich allein, seit seine große Schwester ins Ausland gezogen war, um dort zu studieren.

Aber egal, er hatte sich schon daran gewöhnt und trieb sich sowieso lieber draußen rum.

Es waren schöne Rosen gewesen, frisch und an ihrem Höhepunkt der Blütezeit. Um die Ecke, neben dem Haus und von den Nachbargärten durch einen Zaun abgegrenzt, lag ein kleiner Haufen der abgerupften Rosenköpfe. Während die Spur bis dahin nur weiß war, waren hier auch rote Rosen dazu gemischt worden. *Eine Verehrerin? Wohl eher nicht…*

Er hockte sich vor den Haufen Blumen hin. Er war zwar nicht der hellste Kopf, aber selbst ihm fiel bei näherer Betrachtung auf, dass es sich tatsächlich nur um weiße Rosen handelte. *War das Farbe? Warum sollte jemand weiße Rosen rot anmalen und in unseren Garten werfen?* Es kam ihm durchaus suspekt vor. Seine Joggingrunde war vergessen.

Er griff neugierig in die vielen Rosen hinein, er wollte sie sich genauer anschauen. Aber sowie er das tat, fühlte er etwas Weiches, das nicht hineinpasste. Ryan ertastete etwas. *Was ist das?* Es war geschmeidig und glatt, zugleich auch sanft, haarig und vertraut. *Fell?* Seine Hand zitterte und erstarrte. Im gingen grad zu viele Sachen durch den Kopf. Aber jetzt, wo er daran dachte, bemerkte er, dass er seine Katze schon länger nicht gesehen hatte...

Wie er selbst, trieb sie sich auch gerne lange in der Wildnis herum, daher war es nicht ungewöhnlich, dass sie länger dem Haus fernblieb.

Vielleicht irrte er sich auch. Er packte also mit der Hand zu, die immer noch in den vielen Rosen vergraben war und zog das Ergriffene hervor.

Wa-was z-z-zum?! Wer würde so etwas tun!?

In der Hand, am Nacken gepackt, hielt er seine geliebte Katze. Ihr Mund war geöffnet, die Zähne und Zunge klar erkennbar...und die toten leeren Augen, die ins unendliche Nichts starrten. Ihr Fell war verklebt vom Blut, das die Rosen färbte. Jemand hatte dem armen Tier das Genick gebrochen und den Bauch aufgeschlitzt. Er hoffte, dass es zumindest in dieser Reihenfolge geschah und sie nicht leiden musste. Da war so viel Blut!

Widerwillig kamen ihm die Tränen, doch nicht nur aus Trauer. Sie kamen von der Angst, die er auf einmal verspürte. Eine Angst, die er noch nie erfahren hatte, aber es gab diesen einen Moment, wo im dennoch unwohl wurde. Dieser Schauer, den er verspürt hatte. Der Blick, der ihn traf und die Stimme, die zu ihm sprach. Als wäre die Person eine andere gewesen. „Wie…war nochmal dein Name?" - er erinnerte sich. In dieser Gasse hatte er es runtergespielt und dachte, er wäre bloß wieder frech. Er wurde lieber wütend als sich einschüchtern zu lassen. In dem Moment wirkte der Knirps allerdings nicht klein und schwach – nein, es war ganz anders.

Das Rascheln im Gebüsch konnte er nicht hören. Er war gerade in einer anderen Welt. Gefangen in einem Alptraum. Es war alles schwarz und er fiel, tiefer und tiefer. Eine Hand legte sich auf seine Schulter und hatte einen unerwartet kräftigen Griff. „AAAAaaaahhhh!!!" Aus Schreck ließ er das tote Tier fallen und gelöste Blütenblätter wurden aufgewirbelt. Er drehte sich, immer noch hockend, zu der Person, die hinter ihm stand, und sah zu ihr auf.

„Komm mit mir."

Aus Wasser mach Blut

Eine Zimmerpflanze, die kein Licht bekommt und niemals gegossen wird, wird verwelken und eingehen, bevor sie sich richtig entfalten konnte.

In dem Sinn haben Menschen und Pflanzen wohl ziemlich viel gemeinsam. Jem war gerade in diesem Prozess, wo seine Seele verdorben und in die Schatten gesogen wurde, ohne Chance auf eine Rückkehr. Er konnte es spüren und er vermutete, dass auch andere es wahrnehmen konnten. Der Tod hat sich an ihn geheftet, er schien immer dicht hinter ihm zu stehen. Eine schwarze, verhüllte Gestalt, die den Jungen fest im Griff hatte. Unwillens ihn wieder gehen zu lassen. Doch es war nicht die Stimme des Todes, die ihn verleitete. Ebenso wenig war es Jem's. Unschuldig schwamm der Goldfisch in seinem Glas. Ein wachsames Auge dauerhaft auf den Jungen gerichtet, der ihn zu sich geholt hatte. Der ihn einen Namen gegeben hatte.

Jem war im Badezimmer, es war klein und die Badewanne war dreckig. Aber nach dem letzten Vorfall brauchte er irgendetwas, das ihn ablenkte, eine Erholung. Sein ganzer Körper schmerzte noch und war von blauen Flecken überseht. Sie stachen hervor und lagen im starken Kontrast zu seiner blassen Haut. Das Muster erinnerte ihn an ein Rorschach. Faszinierend.

Er ließ kaltes Wasser in die Wanne fließen und legte sich hinein, nachdem sie fast voll war. Das Badezimmer war das einzige Zimmer, das man tatsächlich verriegeln konnte. Diese Funktion musste er ausgiebig nutzen. Er war müde und das Schwebegefühl, als wäre er in der Schwerelosigkeit, beruhigte ihn. Langsam ließ er sich herabsinken, unter die Wasseroberfläche. Die Kälte umgab ihn und er konzentrierte sich auf dieses Gefühl, er atmete aus und Blasen stiegen auf. *Wie ein Fisch im Meer…*

Das Zeitgefühl ging ihn abhanden, doch die Luftkapazität seiner Lunge ließ es nicht zu, dass er länger verharren konnte. Er tauchte nach Luft ringend auf und wischte sich mit den Händen die Haare aus dem Gesicht. Das Wasser tropfte und perlte an ihm ab. Jem lehnte sich zurück und seufzte, als er wieder die Augen öffnete.

Das Wasser hatte die Farbe gewechselt. Ihm war zuvor nie bewusst gewesen, wie schön das Rot von Blut doch ist. Aber er hatte es realisiert, als er die weißen Rosen darin badete und sie fast schon gierig die Flüssigkeit aufsaugten und sich einverleibten. *Oder der Moment, in dem sich das Blut mit dem Wasser vermischte, bis es kaum mehr sichtbar war, wie es mit der Strömung davongespült wurde.*

Das Wasser in der Wanne, war allerdings dunkelrot. Keine Mischung von Flüssigkeiten, einfach nur die pure Substanz, die durch seine Adern floss, die jeden Körper mit einer Art Nahrung versorgte und ihn am Leben erhielt. Es war verblüffend zu sehen, wie leicht man einem anderen Lebewesen dieses Elixier stehlen konnte. Die Rosenblüten hatten es aufgenommen, dazu waren sie nur in der Lage, weil das Blut die Katze zuvor verlassen hatte. Es war ein Tausch. Kein fairer, denn ein Leben wurde genommen, aber keines geschenkt.

Wer sagt, dass ein Handel fair sein muss? Der Starke siegt über den Schwachen, so lief es doch sonst auch ab.

Der Junge hatte bei diesem Event zum ersten Mal Blut geleckt. Und ihm gefiel der Geschmack davon. Er verlangte nach mehr, es machte ihn fast schon süchtig. Eine Droge, von der er jetzt schon wusste, dass er niemals davon loskommen würde.

Aber er hatte auch nicht vor, ihr zu entsagen. Warum sollte er auf das verzichten, was ihm endlich einen Sinn verlieh?

Jem hatte es gesehen, das Leben, das dem Körper entfloh – aber die Augen, die völlig zurecht Fenster zur Seele genannt wurden, hatten ihn am meisten in den Bann gezogen. Fesselnd, fand er es, wie sich dieses Fenster schloss und nur eine Hülle hinterließ. Zum ersten Mal fühlte er sich mächtig.

Zum ersten Mal fühlte er sich *lebendig*.

„Erzähl mir davon. Ich will alles wissen!" So tat er es. „Ich bin stolz auf dich, Jem. Aber du weißt, dass es erst begonnen hat, nicht wahr? Es bringt sich nicht viel die Bauern loszuwerden, wichtig ist der König. Bringe ihn zum Fall und gewinne das Spiel. Aber das ist natürlich nur eine Metapher, dies ist das wahre Leben, mein Junge. Du wirst noch einigen Bauern begegnen und mehreren Königen. Sie geben sich nicht immer alle direkt zu erkennen. Doch du wirst es wissen. Du hast es im Gespür. Du weißt also, wer deine nächsten Ziele sein werden. Sein müssen! Lebendig hast du dich gefühlt, wie muss dann wohl das Gefühl sein, wenn du denen den Tod bringst, die dir einst das Leben schenkten? Glaubst du nicht auch, dass das alles übertreffen wird? Zu lange vegetieren sie bereits vor sich hin, ich würde mir anmaßen zu behaupten, dass du ihnen sogar einen Gefallen erweist..."

„Das will ich aber gar nicht! Ich hasse sie. Sie haben mir nichts als Leid gebracht und ich will sie auch leiden lassen..."

„Du solltest dir nehmen, was dir zusteht."

Der Tod meines Feindes

Es war natürlich von Anfang an klar, dass Sachen immer irgendwann ans Licht kamen und der Mörder dieses Jungen hat bestimmt nicht die Absicht gehabt, ihn vor der Welt zu verstecken.

Zugegeben, die Stelle war etwas abgelegen, im Wald bei einem Bach. Der Tathergang war dem Kommissar noch nicht bekannt. Die Polizei wurde bereits verständigt, nachdem eine Meldung eines Paares kam, dass ihr Sohn vermisst wurde. Es war dem Mann allerdings schleierhaft, wie sie nicht sagen konnten, wie lange er denn schon fort war. Das Paar war nicht oft zu Hause und schien sich wenig um anderes als die Arbeit zu kümmern. Als zwei Beamte zu ihrem Haus zur Befragung geschickt wurden, fanden sie eine tote Katze von Blumen umgeben. Da fingen bereits die Alarmglocken an zu läuten. Das Paar schien erschrocken, die Frau weinte um das verstorbene Haustier. Es schien allerdings schon eine Weile tot zu sein und er musste wohl nicht sagen, dass er sich an ihrer Stelle mehr Sorgen um den verschwundenen Jungen gemacht hätte. Der Kommissar behielt recht.

Er war ein erfahrener Ermittler und hatte schon Einiges gesehen. Er sprach also nicht selten aus Erfahrung. Die Katze war wohl eine Drohung, aber auch ein Versprechen. Was ihn mehr beunruhigte, war allerdings die Hingabe, die darin zu stecken schien. Die Rosen hätte man sich natürlich sparen können, denn das Tier allein hätte genügt, um jemanden Angst einzujagen. Sie hatten es also mit jemanden zu tun, der nicht im Affekt gehandelt hatte und anscheinend keinerlei Gewissensbisse hatte, vielleicht empfand der Täter sogar eine verdrehte Art von Freude.

Als er der Stelle des Mordes und der Leiche näherkam, konnte er die Schönheit der Natur nicht mehr genießen. Furchtbar fehl am Platz schien ihm dieses Kind, dass noch sein ganzes Leben vor sich gehabt hätte.

„Was wissen wir bis jetzt?" Er wandte sich an eine Kollegin und wartete auf die Details. Die Spurensicherung arbeitete flott und sorgfältig und hatte bestimmt schon einiges an Informationen zusammengetragen.

„Leiche, männlich, 15 Jahre alt, Name Ryan Bellamy. Ging hier in der Nähe zur Schule und wohnte in der Gegend. Man hat ihm den Schädel eingeschlagen. Es scheint, als wäre dies ein geplanter Anschlag gewesen, angesichts der Tatsache, dass er bereits bei sich zu Hause eine Warnung erhielt. Der Mörder muss gewusst haben, wo er wohnt und wahrscheinlich auch, dass er die meiste Zeit alleine war. Wir haben die Kollegen bereits kontaktiert, sie informieren die Eltern." Der Kommissar nickte und trat vorsichtig näher. Der Junge lag im Bach, man hätte meinen können, dass er sich einfach hineingelegt hatte und treiben lassen wollte. Wäre da nicht sein Kopf…

Er war kaum mehr als solcher erkennbar. Man hatte ihn zu Brei geschlagen. Fleisch, Knochen, Blut und Gehirnmasse waren zu einem einzigen Matsch verschmolzen und waren da, wo einst sein Kopf war. In der Mitte lag die Tatwaffe. Ein faustgroßer Stein, der wohl hier gelegen haben muss, besudelt mit den Resten des Haupts.

„Wir vermuten, dass der Täter ihn unter einen Vorwand hergelockt hat und ihn dann, als er es nicht kommen sah, von hinten angriff. Der erste Schlag war unsicher und nicht sonderlich stark, aber hart genug, um das Opfer zu verletzen. Diesen Moment schien er dann zu nutzen, um erneut zuzuschlagen. Wir gehen davon aus, dass er nach wenigen Schlägen das Bewusstsein verlor, in den Bach fiel und der Täter die Beherrschung verlor. Wie wir sehen, hat er den Kopf des Jungen nicht nur eingeschlagen, sondern regelrecht zerschmettert. Der Mörder muss dafür immer härter mit dem Stein zugeschlagen haben und hat, so unsere Analyse, auch nicht aufgehört, als das Opfer bereits den Tod erlitt."

Der Kommissar hasste diesen Teil der Ermittlung. Der Tathergang, der ihm immer wieder vor Augen führte, wozu manche Menschen im Stande waren. So viel Böses wandelte auf dieser Erde…

Er hoffte allerdings, dass die Rekonstruktion der Kollegin stimmte und der Junge nicht lange leiden musste. Vielleicht hatte er auf diese Weise nichts mehr gespürt und keine Schmerzen mehr erfahren müssen.

Er konnte sich gut vorstellen, wie sich die Eltern fühlen mussten. Es war immer schlimm ein Kind zu verlieren, aber auch noch auf so eine Art und Weise. Die Trauer war für ihn nachvollziehbar, denn auch er hatte seine Tochter bei einem Autounfall verloren. Der Mann konnte sich das selbst nie verzeihen und musste mit diesem Schmerz leben. Deshalb wollte er alles geben, um anderen Menschen, die ein ähnliches Schicksal erlitten, zu helfen und ihnen irgendwie beizustehen, während sie versuchten ihre Trauer zu bewältigen.

Der Zipp des Leichensacks wurde geschlossen. Verhüllt, für die Welt nicht sichtbar, wurde die Leiche des Kindes abtransportiert. Es würde eine Autopsie folgen, die weitere Hinweise lieferte, um den Fall alsbald aufzuklären. Die Eltern versuchten mit der Trauer umzugehen und sie mit anderen Emotionen zu überspielen. Ein Bewältigungsmechanismus, der nur zeitweise eine Lösung darstellt.

Sie schimpften und bettelten, sie flehten darum ihren Sohn sehen zu dürfen. Doch die Identifikation war unter diesen Umständen wohl kaum möglich und der Mann wollte sie ihnen auch nicht zumuten. Sie zeigten ihnen den Schülerausweis, den sie in seiner Hosentasche fanden und beschrieben seine Kleidung…eine Verwechslung war ausgeschlossen.

Es würde noch eine Weile dauern, bis sie den Jungen beerdigen konnten.

Doch der Tag kam.

Der Sarg wurde gesenkt und tief unter der Erde begraben.

Die Menschen vergossen ihre Tränen im Regen. Die trauernden Eltern standen vor dem Bild ihres Sohnes, ein schön eingerahmtes Foto. Alles war in Schwarz.

Doch Blumen gab es keine.

Menschenfresser

Flieg nicht zu nah an die Sonne!
Flieg nicht zu nah ans Wasser!
Doch Ikarus fällt.

Ikarus blieb kein Einzelfall.

Während wir uns auf den Fall von Jem konzentrieren, der bei weitem noch nicht sein Ende erreicht hat, gibt es auch noch andere, die eines Tages seinen Weg kreuzen werden. Bei Jem wurde es, seitdem Billy in sein Leben trat, immer offensichtlicher, dass er eine Gefahr für sein Umfeld darstellt. Es gibt jedoch auch Personen, die keine eindeutigen Anzeichen aufweisen oder diese einfach gut verschleiern. Sehen wir uns zum Beispiel den jungen Mann an, der mit seinen 21 Jahren, bereits mitten im Lehramtstudium ist und es bis dahin gut zu meistern scheint. Ihm fehlt es an nichts. Er hat liebende Eltern und Geschwister, sehr gute Freunde, die mit ihm durch Dick und Dünn gehen, und auch beziehungstechnisch läuft es gut. Der Student selbst hat eine äußerst starke Präsenz, hinterlässt bei jedem einen guten Eindruck und glänzt vor allem mit seinem Charakter, der vor Charme nur so strotzt.

Dabei führt er schon seit ein paar Jahren ein Doppelleben. Wer hätte gedacht, dass ein Serienkiller so liebenswert sein kann?

Er ist ein Gegenstück zu Jem. Auch haben sie, abgesehen von der Tatsache, dass sie beide Mörder sind, kaum etwas gemein. Unser lieber Student kocht nämlich gerne. Seine Freunde und Verwandten wissen das und unterstützen ihn dabei, sobald er neue Kreationen und Rezepte mit ihnen teilen will, nehmen sie dankend an. Wenn sie wüssten, was die geheime Zutat ist, wenn sie weiter nachhaken würden, um welches Fleisch es sich tatsächlich handelt, dann würden sie ihn nicht mehr loben. Aber der reizende Student fand schon immer, dass Menschenfleisch einen eigenen, sogar spannend süßlichen Geschmack hatte. Als würde er dieser Person, die ihm oft nicht sehr bekannt war, durch den Verzehr nahestehen können. Es baut eine besondere Verbindung zwischen ihnen auf. Dieser Ansicht war er. Und er hatte sich ziemlich weiterentwickelt. Erst am letzten Wochenende hatte die Familie selbstgemachtes Ragout vorgesetzt bekommen. Sie hatten es verschlungen und nach einer weiteren Portion gefragt, so köstlich schmeckte sein Essen.

Er definierte sich keineswegs als Kannibale. Er war experimentierfreudig, so würde er es formulieren. Sein zweites Gesicht, die andere Facette, das war zwar eine Leidenschaft, ohne Frage, aber sein wahres Selbst, war der Student, der mit seinen Freunden in den Park ging und für die Prüfungen büffelte.

Diese Trennung, diese ausschlaggebende Unterscheidung, schien außer ihm, allerdings niemand zu machen.

Wir wollen an dieser Stelle nicht zu viel verraten, denn auch er hat eine Geschichte. Zudem ist er nicht der Einzige – besonders ist er für uns, da er in Jem's Leben einmal eine übergeordnete Rolle spielen wird. Davon sind wir zwar noch weit entfernt, aber man muss sich vor Augen halten, dass während Jeremy nun auf Abwegen gerät und seine eigene Geschichte erhält, die Welt nicht stillsteht.

Zeitgleich spielen sich Ereignisse ab, die unmöglich übersehen werden können. Sie werden alle zusammenführen, sich ineinander verflechten und enorme Auswirkungen herbeiführen.

Ohne Zweifel

„Wie kommt es eigentlich, dass du reden kannst?"

„Du stellst wie immer die falschen Fragen, Jem. Du solltest dich lieber fragen, warum du mich hören kannst. Vielleicht liegt es ja an dir, Bürschchen."

„Um ehrlich zu sein, hab ich es ziemlich schnell akzeptiert, mir kam das nie so außergewöhnlich vor. Mit dir zu reden, ist mittlerweile genauso, wie zu atmen. Es passiert einfach und ist automatisiert."

Der Junge saß in seinem Zimmer auf dem Holzboden und hielt das Goldfischglas in seinen Händen, während er mit dem orangen Fisch eines seiner Gespräche führte. „Glaubst du, ich habe das richtige getan, Billy?"

„Zweifelst du denn? Wenn du nun zweifelst, dann bist du dumm, Kind. Du hast den Knaben ermordet, da kannst du nichts rückgängig machen. Du warst dir zuvor sicher und auch währenddessen, warum hinterfragst du dich jetzt?"

Der Junge schob die Unterlippe vor. „Ich zweifle doch gar nicht! Ich habe nur nachgedacht, wo das ganze hinführt…"

„Und wohin?"

„Ich weiß es noch nicht. Zuvor schien ich mir sicherer zu sein. Ich hasse Menschen, ich kann sie nicht ausstehen. Aber ich bin auch schon welchen begegnet, bei denen es mir ziemlich egal ist, ob sie leben oder nicht. Hmm, weißt du was ich sagen will?"

„Das sind Kollateralschäden."

Der Junge zuckte.

„Du hast das Haustier des Jungen doch auch beseitigt, oder nicht? Was hat dir diese Katze getan, dass du sie umgebracht hast? Du hast sie als Symbol hinterlassen, weil du wusstest, dass es ihn treffen würde, dass es Angst in ihm auslöst. Und es hat dir gefallen. Du siehst also, es spielt keine Rolle, wen du tötest, solange es seinen Zweck erfüllt."

Jeremy dachte nach, in seinem Kopf verschwammen seine Gedanken, es fiel ihm schwer sie zu ordnen. *Macht das Sinn? Ja, es macht Sinn. Oder?*

Er nickte.

„Stimmt, du hast ja recht. Außerdem kann ich eben nicht mehr zurück. Du hättest mich sehen sollen, es war, als hätte ich meinen eigenen Körper verlassen, als ich wiederholt auf ihn einschlug. Ich habe kaum mehr etwas mitbekommen, als ich wieder zu mir kam, war nichts mehr von seinem Kopf übrig. Als wäre ein LKW über ihn drübergefahren. Aber zum ersten Mal habe ich mich wirklich gewehrt und mich bewiesen. Ich war der Stärkere."

„Ja ja ja, sieh nur zu, dass du deine Macht nicht wieder abgibst. Halt an ihr fest, verliere sie nicht! Du kennst das Sprichwort ‚Übung macht den Meister', das ist wahr. Wenn du jetzt schon davonkommst, stell dir mal vor, was du noch alles tun könntest, ohne erwischt zu werden. Und ist das nicht das beste Gefühl? Dieser Höhepunkt, wenn du alle an der Nase rumführen kannst. Du mischst dich unter sie und lebst mit ihnen, aber gehörst ihnen trotzdem nicht an."

Es stimmte, es war großartig. Er hatte mitbekommen, dass die Polizei am Tatort war und bereits Befragungen durchgeführt hatte. In der Zeitung, die sein Vater achtlos auf den Boden geschmissen hatte, war sogar ein Bericht über die Gräueltat mit Spekulationen, was wohl passiert war. Von dem Täter keine Spur.

Und so sollte es auch noch bleiben.

Er hatte schon Pläne geschmiedet, um aus diesem Kaff möglichst bald zu verschwinden. Das hätte er schon vor Jahren tun sollen, aber er kann noch nicht gehen. Etwas hielt ihn hier noch fest und zwang ihn zu bleiben. Er verdonnerte sich selbst zu einem längeren Aufenthalt.

Er würde es tun, er würde es hinter sich bringen. Aber er wusste noch nicht wie. Noch nicht wann.

Und diese Ungewissheit, die ihn immer noch plagte. Jem hatte gehofft, sie zu überwinden, weil er diesem Idioten doch auch ohne weiteres das Leben genommen hatte. Obwohl er seine Eltern sogar mehr verabscheute, konnte er sich noch nicht dazu durchringen.

Er hatte es noch nicht übers Herz gebracht. Verzweifelt griff er sich an den Kopf, packte seine Haare und zog daran.

Warum? Warum konnte er es noch nicht?! Dabei hatte er doch schon einen Anfang gemacht. Er hatte sich mental darauf vorbereitet und wollte es unbedingt.

Seitdem stand er fast jede Nacht, sobald es finster war und die Alten schliefen, bei einem der beiden und beobachtete sie. Er blickte einfach auf sie herab. Das Messer so fest im Griff, dass seine Knöchel weiß wurden. Es wäre ein

Einfaches gewesen. Ein einziger sauberer Schnitt genügte schon. Aber er stand nur da, wie angewurzelt und ließ die Szene in seiner Vorstellung auf Dauerschleife abspielen. Komm schon! Nur ein Schnitt! Eine Handbewegung, mehr bräuchte es gar nicht.

Doch er konnte es nicht. Wütend und enttäuscht mit sich selbst, ging Jem danach immer wieder ins Bett und hatte das Gefühl, als hätte Billy über ihn geurteilt, mit jedem Mal mehr, wenn er erfolglos in sein Zimmer zurückkehrte.

Die saubere, silberne Klinge wieder zurückgelegt.

Verdammt!

Aber er gab noch nicht auf. Er würde es weiter probieren, über seinen Schatten springen und die alten weißen Wände mit dem Blut seiner Eltern verzieren.

Das war er – der nächste nötige Schritt.

*Karma ist 'ne B****!*

Ein unmögliches Dinner

Normalerweise würde Jeremy einer solchen Situation aus dem Weg gehen, aber nicht jetzt. Er ging zum Esstisch, wo bereits sein Vater mit einem Löffel in der Hand saß und auf seine Frau wartete. Diese war gerade noch beschäftigt mit dem, was sie in dem Topf umrührte. Der Geruch war weit entfernt von gut duftend. Die Frau, die Jem seit der Nacht in seinem Zimmer eigentlich nicht mehr richtig angesehen hatte, kam mit dem Topf zu ihrem Mann und klatschte ihm einen Schöpfer Brühe in die Schüssel vor ihm. *Igitt...*

Vielleicht hätte das „Essen" nicht so schlecht ausgesehen, hätte ihn die breiartige Konsistenz nicht an die zerstampfte Gehirnmasse dieses Typen erinnert. Da verging ihm gleich wieder der Appetit, noch bevor er ihn richtig bekam. Die Mutter sah den Jungen kurz scharf an und wandte ihren Blick dann wieder ihrem Mann zu. Leise ging sie wieder zum Herd, als sie sich umdrehte, gab der Mann ihr einen Klaps auf den Hintern und lachte. Sie kam mit einer weiteren Schüssel wieder und stellte sie vor ihren Sohn hin. *Déjà-vu.*

Er fixierte die Schüssel und beobachtete angewidert, wie diese sich ebenfalls mit dem Schleim füllte. Er verzog das Gesicht und sah im Augenwinkel wie seine Mutter wieder von seiner Seite wich.

Der Vater schlang das Essen hinunter, dabei rannen ihm vereinzelte Tropfen des Breis über das Kinn und bahnten sich ihren Weg. Jem wurde übel.

Mit einem Mal hielt der Vater inne und sah seinen Sohn an, als hätte er erst jetzt bemerkt, dass dieser anwesend war. „Iss!", er ließ den Löffel sinken und kniff die Augen zusammen. „Iss' dein Essen, du undankbares Kind!"

Da erhob der Junge auch sein Besteck und fuhr in den Brei, der sich auf seinem Löffel sammelte. Zitternd brachte er das ekelige Etwas zu seinem Mund. *Was soll das überhaupt sein?*, fragte er sich ständig. Wie eine Dauerschleife, doch die Frage blieb unbeantwortet.

Zaghaft öffnete er den Mund und führte den Löffel zwischen den Lippen hindurch. Schnell zog er den, nun leeren, Löffel wieder raus und fühlte die glibberige Masse auf seiner Zunge. Sein Vater starrte ihn weiter an, wenn Blicke töten könnten, dann wäre er wahrscheinlich schon kurz nach seiner Geburt verstorben…er glaubte nicht, dass sein

Vater ihn je liebevoll angeblickt hatte. Hatte er ihm gegenüber eine andere Emotion außer Hass, den er mit dem Verachten in seinem Blick zum Ausdruck brachte? *Unwahrscheinlich.*

Er schluckte. Es war widerlich und Jem musste regelrecht würgen, um das, was in seinem Mund war, auch drinnen zu behalten. Ihm kam das Gefühl, als würde ihn jeden Moment jegliche Nahrung aus seiner gesamten Lebenszeit wieder einen Besuch abstatten und sich zu dem Brei in der Schüssel gesellen. *Wahrscheinlich würde er mich dann trotzdem dazu zwingen davon zu essen.*

„Es wird aufgegessen, kapiert? Davor stehst du nicht auf…, wenn du dich schon mal hierher bequemt hast." Mit seinen harschen Worten widmete er sich wieder seiner eigenen Schüssel. Jem konnte ihm ansehen, dass es ihm auch nicht schmeckte, er wusste, wie schrecklich es war. Der Mann hatte sich zwar schon daran gewöhnt und ließ sich kaum etwas anmerken, um seinen Sohn zu quälen, der das grausame Essen nur mit Qualen ertragen konnte. Das wusste er. Aber dieses Spiel konnten beide spielen.

Er hatte keine Lust mehr. Warum hatte er überhaupt darüber nachgedacht? Woher kamen die Zweifel? Sie waren nun weg, verschwunden auf alle Zeit. Das Herz und die Seele des Jungen wurden immer schwärzer. Wie Kohle, so leblos und tot.

Der Mann sah kurz auf, um zu sehen, wie der kleine Bastard den Inhalt der Schüssel auf seinen Befehl hin sauber leckte und sich dabei wand wie ein Wurm, doch ihm selbst blieb der nächste Bissen im Hals stecken. Der Junge schenkte ihm ein beinahe unschuldiges Lächeln. Seine Augen sprachen aber andere Töne. Hastig und gierig schaufelte er nun den Brei in sich hinein und schien jeden Löffel voll auszukosten. Der Mann hatte selbst nur so getan, als würde das Gericht nur in entfernter Weise essbar sein, aber dieses Kind erbrachte gerade eine schauspielerische Meisterleistung, wenn es nur so tat, als würde es dieses sogar als genießbar erachten.

Ihm fiel nicht auf, wie ihm die Kinnlade hinunterklappte und wie verdutzt er seinen Sohn anblickte. Als würde ein gänzlich anderes Wesen vor ihm sitzen. In gewisser Weise hatte er damit recht.

Jem hatte mittlerweile eine Fähigkeit erlangt, die immer mehr zum Einsatz kam, er würde es sogar als sein Talent bezeichnen. Er hatte noch nie ein Talent gehabt, aber dieses schien ihm immer mehr zu gefallen.

Er konnte sowohl seine Emotionen als auch seine Persönlichkeit, an deren Existenz er ohnehin zweifelte, komplett abstellen. Als würde er sie wie Kleidung ablegen und sie in einem Kasten verstauen.

Dadurch wiederum konnte er in diesen Momenten sein, wer oder was er wollte. Es fiel ihm immer leichter sich zu verstellen, andere Identitäten anzunehmen, anders zu empfinden, als es eigentlich angebracht wäre. In solchen Momenten betrachtete er die Reaktion seines Gegenübers und labte sich an ihr.

Er spürte die Unsicherheit, die Verwunderung und die Angst. Die Millionen Gedanken, die dem Anderen durch den Kopf gingen, waren für ihn lesbar, als könnte er sie hören.

Sein Vater zeigte ihm gerade das erste Mal so eine Reaktion, als wüsste er nicht, wer der Junge war. Er war ein Niemand…und sein schlimmster Alptraum.

Er verspürte einen Funken von Furcht, dabei hatte er doch nur sein Essen gegessen – weiter nichts.

Kurz vor Mitternacht

Nachts lag die Mutter nun schon einige Stunden im Bett und schlief tief und fest. Ihr Mann war zu diesem Zeitpunkt außer Haus, denn der Schnaps war bereits alle und zum Einkaufen war es zu spät gewesen. Er ging also, sowie so oft, wenn dies der Fall war, in die nächste Kneipe und verbrachte seinen Abend dort. Nicht immer fand er den Weg nach Hause, so betrunken war er meist.

Diese Familie war sehr kaputt. Sie hatte den Punkt überschritten, bei dem man sie hätte retten können…
Jeder von ihnen musste sich nun selbst retten, vor dem was kam.
Die Türe öffnete sich langsam und leise. Der Schatten, der in den Raum eintrat, näherte sich der schlafenden Frau und stand, wie sie einst, einfach vor dem Bett. Er blickte auf sie hinab und fühlte rein gar nichts mehr.
Kurz passierte kaum etwas. Er stand da, nicht weil er zweifelte, nein – er kostete jeden Moment aus. Er hatte lange überlegt, wie er es anstellen sollte und hatte sich letztlich entschieden das Unerwartete für sich zu nutzen. Er musste sich einen Vorteil verschaffen und sie

überwältigen, die eigentliche Hürde stellte allerdings der Mann dar, der sich gerade in einer Spelunke vollaufen ließ. Diese Frau, seine Mutter, sie war in diesem Fall die Katze. Die Katze, die das Opfer als Drohung verstand, der Täter als Versprechen und Symbol für das, was folgte.

Der Tod steht dir gegenüber.

Und er holt sich jeden!

In der Dunkelheit konnte man unklar das düstere Grinsen und die weißen Zähne des Schattens ausmachen. Genug gewartet. Mit einem raschen Ruck zog er der Schlafenden ihren Polster unter dem Kopf weg. Sie wurde dabei sofort wach, blieb aber desorientiert. Ihr Gehirn wies noch nicht die nötige Kapazität auf, um schnell zu reagieren. Der Junge, der nun mitten in der Tat, mitten in einem Rausch, steckte, ließ ihr keine Zeit sich zu fangen. Er drückte ihr den Polster aufs Gesicht und schwang sich auf das Bett. Er kniete über ihr und presste mit seinem ganzen Gewicht und seiner ganzen Stärke auf den Polster.

Sie schlug wild um sich und versuchte ihn von sich zu drücken. Sie stieß in alle Richtungen in der Hoffnung ihn zu erwischen. Sie schaffte es seine Arme zu packen. Sie krallte sich mit ihren langen dreckigen Fingernägeln an ihm fest und kratze ihn, aber ihr Angreifer ließ nicht locker. Niemals würde er jetzt aufgeben. Es wäre eine Schande nun zu kapitulieren. Das Adrenalin und der Rausch sorgten dafür, dass er sich gegen sie behaupten konnte. Er glaubte, dass er noch nie in seinem Leben eine solche Kraft aufgewendet hatte. Er fühlte sich unbesiegbar. Er spürte, wie sie in seine Haut ritzte und Blut seine Arme hinunter tropfte. Keine Schmerzen konnte er vernehmen, nur ein Kribbeln in seinem Bauch, auf seinem ganzen Körper. Er wollte sich immer so fühlen können. Jem musste der Frau zugestehen, sich wacker zu schlagen. Noch lebte sie, wer hätte gedacht, dass noch ein bisschen Kampfgeist in ihr steckte? Sie hätte ihn allerdings nicht erst jetzt finden sollen, hätte er nur nicht zu ihrer Lebzeit schon nachgelassen. Vielleicht hätte sie es geschafft, eine gute Mutter zu sein? Sich gegen ihren Mann zu behaupten? Sich gegen ihre eigenen Dämonen zu stellen? Mit der Zeit hatte sie sich nicht mehr selbst geliebt, dadurch schaffte sie es auch nicht mehr andere wirklich zu lieben. Diese fehlende Liebe hatte einen Mörder, ein Monster, geschaffen. Man sagt, man sieht das Leben an sich vorüberziehen, andere behaupten, sie sehen nur das, was ihnen am

Herzen liegt. Die Frau jedoch sah nur ihre Fehler. All das, was sie bereute, erblickte sie in ihrem inneren Auge und musste nun eines bitteren Todes sterben. Erstickt vom eigenen Sohn. Wie erbärmlich…

Sie weinte in den Polster, sie schrie, doch auch ihr Schreien verlor sich in dem weichen Stoff, der ihr jeglichen Zugang zur Atemluft raubte und ihr jede Chance auf Leben verwehrte.

Es war ein schreckliches Gefühl, zu wissen, dass das die letzten Momente im eigenen Dasein waren. Ein vergeudetes Leben ist es gewesen. Doch als genauso sinnlos empfand sie auch ihren Tod. Himmel oder Hölle? Die Frage stellte sie sich nicht. Für beide Alternativen hatte sie zu wenig Wert, wen kümmerte sie denn? Niemanden.

Ihr Schlagen wurde schwächer und langsamer. Die Luft war knapp und drang kaum mehr zu ihr durch. Lange blieb ihr nicht mehr. Sie konnte nicht mehr. Sie wollte nicht mehr und hat sich damit abgefunden.

Vergib mir, mein Sohn…

Jeremy hielt den Polster so lange gegen ihr Gesicht gepresst, bis sie komplett still war. Und selbst dann wartete er noch einige Minuten, nur um sicher zu gehen.

Seine Arme hatten ein angenehmes Brennen, das Blut verzierte die Wunden und stachen hervor. Er hatte das Leintuch schmutzig gemacht. Er ließ endlich locker und richtete sich auf. Den Polster warf er achtlos zur Seite.

Die Augen der Frau waren geschlossen, sie muss sie zugemacht haben, als sie ihr Schicksal akzeptiert hatte. Er fuhr sich durchs Haar und streifte es zurück. Er hatte tatsächlich geschwitzt. Jemanden zu ersticken war anstrengender als gedacht. Aber eine unüberwindbare Herausforderung war es nicht.

Bevor er zur nächsten Phase kam, wollte er noch duschen, um sich ein bisschen abzukühlen. Ja, und vielleicht würde er sich noch mit einem Snack stärken. Alles zu seiner Zeit. Er stieg vom Bett und legte die Decke, fürs Erste, wie ein Leichentuch über die Tote, die nun friedlicher wirkte als je zuvor.

Tja! Nicht mehr lang, Mutter! Wir müssen dich doch noch für deinen Mann zurecht machen…

Der Spaß beginnt doch erst.

Und wenn er so darüber nachdachte, sollte er sich die Dusche wohl besser sparen, immerhin musste er sich nun die

Hände schmutzig machen. „So, wo ist nochmal Dad's alter Werkzeugkasten?"

Jem rieb sich die Hände und sah sich um. Er ging aus dem Schlafzimmer und sah auf die Uhr. Kurz vor Mitternacht. Sehr schön.

Er hatte also noch Zeit, sein Vater würde nicht so früh erscheinen.

Der Junge ging an seinem Zimmer vorbei und warf einen Blick hinein. Das Glas mit Wasser und dem kleinen, orangen Goldfisch darin, wurde vom Mond beleuchtet und stach ihm sofort ins Auge.

„Hey Billy!", er winkte hastig und ging schnellen Schrittes weiter. Es blieb zwar noch Zeit, aber es wartete noch genügend Arbeit auf ihn.

Zugegeben, er hatte sich keinen detaillierten Plan gemacht, aber langsam bekam er ein Gespür dafür.

Er musste auf seinen Instinkt hören. Und dieser sagte ihm, dass der alte Werkzeugkasten hilfreich sein könnte.

„Und da ist er ja…"

Er öffnete den Deckel: Zange, Hammer, Säge…

Die letzte Ruhe

Erst einige Stunden später kam der Herr des Hauses zurück und fummelte mit dem Schlüssel bei der Türe lange herum. Er hatte viel intus, schwankte hin und her und konnte sich kaum konzentrieren. Es gab Nächte, in denen er nicht mehr zurückgefunden hatte und auswärts schlief. Oft weckte er, wenn er von seinen nächtlichen Saufzügen zurückkam, seinen Sohn, der hörte wie er die Türe zuknallte, gegen Regale oder Wände stieß und oft auch die Sessel umwarf.

Das Licht blieb abgedreht, manchmal suchte er eine Ewigkeit danach, tastete die Wände ab und blieb doch erfolglos, seitdem hatte er es aufgegeben und stolperte meist sofort in das Schlafzimmer, wo er sich ansonsten selten aufhielt.

Seine Frau schlief sicherlich schon und würde ihn erst bemerken, wenn er zu starken Krawall verursachte. Zumindest rührte sie sich nie, schlief entweder tief und fest oder ignorierte alles um sich herum. Seit ihrer Hochzeit ging es bereits bergab, eigentlich waren sie mittlerweile Fremde, die ein Kind bekamen und sich eine Wohnung teilten. Sie redeten nicht, sahen sich nicht öfter als nötig an und dachten kaum mehr an den anderen. Zu schmerzhaft sind die Erinnerungen an bessere Zeiten, an das, was mal gewesen ist und niemals mehr sein würde.

Dieses Kind ist schuld daran! Es hat uns unsere Jugend und unsere Lebenskraft geraubt.

Ja, er war nur noch ein verbitterter alter Mann. Ein Trunkenbold, der seinen Sohn verabscheute und mit seiner Frau kaum was anfangen konnte. Er selbst hatte seit Jahren nicht mehr in den Spiegel geblickt. Wozu sollte das auch gut sein?

Er schleppte sich mit Mühe und Not weiter, zumindest konnte er den Weg bis ins Schlafzimmer schon gut abschätzen. Er schaffte es dieses Mal sogar, ohne viel Lärm zu veranstalten und bahnte sich den Weg zum Ehebett. In solchen Zeiten, wenn er wieder betrunken war, fühlte es sich an wie eine weiche Wolke. Angenehm und flauschig, wohlig und warm. Er könnte darin versinken, sofort den Schlaf finden und sogar schöne Träume träumen.

Er ließ sich auf seiner Betthälfte fallen. Obwohl die Frau hier meist alleine lag, blieb sie immer auf ihrer Hälfte. Er hatte sie einmal angeschrien, als er sie auf seiner Seite fand. Sie versuchte damals noch sich herauszureden, dass er doch gar nicht darin schlief. Ihre Lektion hatte sie danach schnell gelernt. Es war sein Bett und das Weib sollte sich bloß nichts Falsches einbilden!

So lag er also in seinem Bett und war kurz davor die Augen zu schließen und den Schlaf mit offenen Armen zu empfangen, da spürte er die die Feuchtigkeit. Er hatte sich doch nicht so sehr besoffen, dass er sich eingenässt hatte? Er tastete die Matratze ab, sie war tatsächlich sehr feucht. „Scheiße", dachte der Mann. Er setzte sich auf und bewegte seine Hände zu seiner Frau hinüber. Er wollte sie wecken, denn wer würde sonst die Laken wechseln und sauber machen? So konnte er auf jeden Fall nicht schlafen. Er fand, wonach er suchte und schüttelte sie an der Schulter. „Verdammt, wach auf!", knurrte er. Sie rührte sich nicht und erwiderte nichts. *Undankbar. Für nichts zu gebrauchen!* – Diese Gedanken kamen ihm oft. Er überlegte, ob er stattdessen seinen nutzlosen Sohn wecken sollte. Der Junge könnte sich durchaus mal nützlich zeigen.

Er verwarf diese Idee schnell wieder, da dies bedeutet hätte, dass er wieder aufstehen, das Zimmer verlassen und es in das des Kindes schaffen hätte müssen. Er schätzte seine Chancen dafür schlecht ein.

Er beugte sich also über die schlafende Frau und wollte die Nachttischlampe einschalten. Lange fummelte er herum, bis es ihm endlich gelang die kleine Schnur zu finden, an der er ziehen musste. Währenddessen machte seine Frau keine Anstalten aufzuwachen. Sie schlief wohl sehr tief und fest.

Er zog an der Schnur und das Licht blendete ihn. Er schloss so fest die Augen, dass sich sogar rundherum Falten bemerkbar machten. Langsam öffnete der Mann erst das rechte Auge und begann zu blinzeln, bis es sich an die Helligkeit gewöhnt hatte und wandte dieselbe Taktik anschließend auf dem linken Auge an.

Gut, jetzt musste er nur noch erneut versuchen seine Frau zu wecken, damit sie sich um das kleine Missgeschick kümmern konnte.

Er blickte hinab und sah sie da liegen. Seine Augen hatten sich angepasst, er war allerdings immer noch etwas langsam und schwer vom Begriff, daher dauerte es etwas länger, bis er realisierte, dass die Feuchtigkeit nicht von ihm ausging. Zudem war sein Urin bestimmt nicht rot, soweit war er noch nicht, oder? Die blutige Flüssigkeit war auf einer großen Fläche des Bettes verteilt und färbte den hellen Stoff dunkel. Das Laken, das als Decke fundierte, war über ihren ganzen Körper gelegt und bedeckte sie vollständig. Er griff danach und zog den Stoff zur Seite.

So betrunken er auch sein mochte, selbst er wusste, dass jemand ohne Kopf nicht mehr leben konnte.

Ab ihrem Hals war nur noch der Polster zu sehen, eine Blutlache darauf gebildet und glänzend. Der Stumpf war unsauber, der Kopf mit etwas zackigem entfernt. Immer noch sickerte das Blut, doch musste es schon eine Weile her sein, denn stark war der Blutfluss nicht. Zum ersten Mal fiel ihm auf, dass ihre Haut kalt war, als er nach ihr griff.

In diesem Moment schlug die Realität auf ihn ein, obwohl es so unwirklich wirkte.

Das Leben war vergänglich, es findet oft ein schnelles Ende. Doch es war besser jung zu sterben und gelebt zu haben, als viele Jahre am Leben zu sein, ohne es zu leben. Er konnte dies nicht von sich behaupten. Vielleicht machte sein Zustand ihn nachdenklich und emotional, aber mit einem Mal vermisste er seine Frau, wusste sie wertzuschätzen, dachte an die guten alten Zeiten, als sie noch jung und verliebt waren, als sie noch andere Menschen mit einer besseren, oder überhaupt einer, Persönlichkeit waren. Als ihr Leben noch einen Sinn hatte.

Die Zeit war vergangen und in der Vergangenheit würde sie bleiben. Verflüchtigte Erinnerungen an jene Geister, die lange nicht mehr existierten.

Wenn ihr Körper hier liegt, wo ist dann ihr Kopf? Eine Frage, die ihre Berechtigung hatte.

Nur ein paar Meter entfernt, in einem anderen Zimmer, saß ein Junge. Er hatte ein schlichtes Gewand an. Eine kurze Stoffhose und ein T-Shirt, das ihm als Pyjama diente. Seine Arme wiesen Kratzspuren auf und auf seinem Gesicht und auf seiner Kleidung waren Bluttropfen. Der Junge saß im Schneidersitz und hielt ein Goldfischglas in seinen Händen, dass er auf seinen Beinen abstützte. Er starrte allerdings geradeaus, er hatte den Mann gehört, als er die Wohnung betrat. Er hatte das Gefühl, als hätte der Mann diesen Ort vor Jahren zum Gefängnis erklärt. Heute erklärte sein Sohn ihn zu dessen Friedhof. An diesem trostlosen Ort, der Stätte des Grauens, sollte er den Tod finden. *Ich bin der Tod…*

Nicht wahr, Mutter?

Auf dem Nachttisch, worauf sonst das Goldfischglas stand, in dessen Richtung der Junge saß und seine Augen starr darauf fixierte, hatte er den Haupt gelegt. Wo er es mit der Säge abgetrennt hatte, hatte er es wie eine Büste auf das kleine Podest platziert.

Der Junge hatte ihr die Augen geöffnet, auch ihr Kiefer hing etwas hinunter, ein grauenhafter Anblick. Aber er saß hier schon eine Weile und analysierte sie mit seinen Blicken. Er starrte ihr in die Augen. *Fenster zur Seele…*

„Sieh was wir erreicht haben, Jem! Wie fühlt es sich an?"

Der Junge blickte hinunter ins Wasser, wo der kleine Goldfisch hin und her schwamm, er flappte aufgeregt mit den Flossen, seine Schuppen glänzten golden und strahlten ihn an. Jem's Gesicht blieb passiv und unverändert als er mit gesenktem Blick zu seinem Freund sprach: „Ich weiß es nicht…ich fühle nichts. Nicht mehr."

„Deine Freude scheint verflogen zu sein – vielleicht geht es dir wieder besser, wenn du dich um deinen Vater gekümmert hast?"

Träume süße Träume!

Der Betrunkene kam zu dem Schluss, dass er träumen musste. Nur so konnte er sich das alles erklären. Bestimmt lag seine Frau im Bett und schlief, während er halluzinierte. *Ganz bestimmt! Ganz sicher sogar.*

Er fand schließlich doch aus dem Schlafzimmer hinaus und begab sich in die nächste Räumlichkeit. Er musste von dort raus, das Bild verfolgte ihn. Der Körper, der abgetrennte Kopf, der noch blutende Stumpf…

Alles Einbildung! Aber so realistisch, dass es ihn grauste. Beinahe hatte er sein eigenes Leben an sich vorbeiziehen sehen. Doch konnte dies hier nicht real sein. Das war bloß seine Fantasie, die ihm einen Streich spielte.

Im Wohnzimmer, wo auch der Esstisch neben der offenen Küche stand, war es wieder dunkel. Er hatte das kleine Licht im Schlafzimmer aufgedreht gelassen, das ihn bis zuletzt geblendet hatte. Deshalb fiel ihm nicht sofort auf, dass auch in diesem Zimmer eine schwache Lichtquelle, die zuvor nicht da war, den Raum beleuchtete.

Mehrmals musste der Mann die Augenlider auf und zu schlagen, bis er die Kerzen auf dem Tisch wahrnahm.

Er hielt inne. Nein, er träumte bestimmt. Der Esstisch war angerichtet worden, da standen Teller, Gläser, Besteck und Servietten. Das Kerzenlicht schenkte einen Funken Licht und der Mann sah in der Mitte des Tisches ein Glas. *Wo kommt das denn jetzt her?* Und darin schwamm sogar ein Goldfisch. Die ganze Szene wirkte für ihn so absurd, sowas könnte er sich auch im Traum nicht ausdenken.

Er konzentrierte sich so sehr auf die schönen, geschmeidigen Bewegungen des Fisches, dass er den Jungen, der auf dem Sessel saß, der sonst ihm gehörte, nicht bemerkte. Dieser machte allerdings bald darauf auf sich aufmerksam.

„Willst du dich nicht zu uns setzen, Vater?"

Der Mann blickte auf, wandte den Blick vom tänzelnden Fisch ab und starrte den Knaben an. Trotz der Kerzen war es ihm zu dunkel, er konnte kaum etwas sehen und keine deutlichen Umrisse ausmachen. „Du bist wach?", sagte er langsam und verwundert. Eine bessere Frage kam ihm in diesen Moment nicht in den Sinn. Es war nur ein Traum. Womöglich lag er sogar schlafend in der Gosse oder der Bar und hatte den Weg nach Hause nicht gefunden.

Der Junge antwortete nicht, blieb nur still und gelassen. Der Alte spürte seine enorme Präsenz, so stark verändert hatte sich das Kind. Der Junge, der ihn immer mied oder provozierte, es aber nie gewagt hätte – es niemals nur geschafft hätte, sich gegen irgendjemanden zu behaupten. Ein Schwächling. Den konnte er hier nirgends mehr entdecken. Fort war sein Sohn, fort war seine Frau…

Er kam nach einer Weile der Aufforderung des Sohnes nach und setzte sich ihm gegenüber hin, dabei hatten sie ihre Plätze getauscht.

„Warum bist du hier?", fragte der Vater, der sich wunderte, warum das Kind nicht im Bett lag. Er durfte sich nicht anmerken lassen, dass er ins Schwitzen geriet. Er verspürte…Angst, er wusste nicht wieso und auch wusste er nicht, wieviel von all dem gerade wirklich passierte. Die Leiche im Bett sollte er besser nicht erwähnen, sonst hält man ihn noch für verrückt. Warum aber war der Junge hier? Warum das ganze Theater, wenn es nicht nur in seinem eigenen Kopf stattfand? Wozu das Ganze? Nein, nein – alles Einbildung. Innerlich musste er lachen. Der Knabe ist zwölf! Also ehrlich…

„Ich könnte dich dasselbe fragen. Allerdings weiß ich schon die Antwort darauf." Jeremy lehnte sich vor und stützte sich auf seine Ellbogen ab, verschränkte die Finger und legte sein Kinn darauf. Dieser Blick, diese Intensität! Sogar in der Finsternis konnte der Mann die stechenden Augen erkennen.

„Und warum bin ich hier?"

„Um ein letztes Mal mit uns zu essen natürlich!" Er gestikulierte und breitete die Arme aus, mit einem Grinsen, das sagte: ist das nicht offensichtlich? Ein merkwürdiger Traum.

Der verwirrte Mann blickte hinab auf seinen Teller, er war leer. Auch die Gläser waren leer. „Welches…welches Essen?"

Das Kind, das nun viel erwachsener wirkte und viel zu gefährlich für sein Alter, legte seinen Kopf schief, als wäre ihm erst jetzt sein Fehler aufgefallen.

„Hmm, stimmt ja, du hast Recht. Am besten springen wir zu dem eigentlichen Grund deiner Anwesenheit. Er hängt sogar damit zusammen, warum ich hier bin. Willst du raten?"

Nein, ich will aufwachen.

„Ich komm nicht drauf."

Da verzog der Junge die Mundwinkel und sah wütend und angewidert zugleich aus. „Jammer Schade, aber ich glaube, du versuchst es gar nicht. Oder du weißt es und sagst es nur nicht? Ist ja auch egal."

Es war unglaublich wie schlagartig seine Mimik und Stimme umschlugen. Als würde er es mit mehreren Personen gleichzeitig zu tun haben. Wie furchterregend.

„Lass uns die Mutter fragen, Jem. Na los, die Mutter weiß es!"

Der Vater beobachtete, wie sich sein Sohn kurz in dem Anblick des Goldfisches verlor. Er schien mitten in der Konversation alles ausgeblendet zu haben und starrte einfach in das Glas. Langsam nickte Jeremy und murmelte: „Gute Idee, Billy. Ja, ja, so machen wir das…"

Er stand auf und schob mit einem Ruck den Sessel zurück. Aufgeregt schlug er dabei mit seinen Handflächen auf die Tischkannte und beugte sich vor, sodass der Vater sein Gesicht, da es dem Kerzenschein näher kam, besser erkennen konnte. Von dem kleinen, schüchternen Sohn keine Spur.

Er schenkte dem Mann ein Lächeln und drehte seinen Kopf zur Seite. „Mama weiß den Grund, warum wir hier sind. Ich habe sie auch genau deshalb besucht. Stimmt's, Mama?" Der Mann drehte den Kopf in dieselbe Richtung, bis jetzt fiel es ihm schwer auf sein Umfeld zu achten und sein Instinkt hatte ihm geraten, den Jungen nicht aus den Augen zu lassen. Diese verdammte Dunkelheit, er konnte kaum etwas erkennen. Jeremy hatte die Frage ernst gemeint, als würde eine Antwort kommen.

Dem Burschen schien nun klar zu werden, dass sein Vater seine Frau wohl noch gar nicht bemerkt hatte. Er sah zwischen den beiden hin und her und schob dann die Kerze näher zu seiner Mutter. Der Vater, der jede Bewegung des Jungen verfolgte, war sich mittlerweile ziemlich sicher, dass dies kein Traum war. Zum ersten Mal bereute er es, soviel getrunken zu haben, dass es ihn das Hirn vernebelte. Er hätte rennen sollen…

Er bewegte seine Augen langsam zu der Kerze hin und erstarrte voller Grauen. Er hätte sich fast übergeben, aber er schluckte. *D-der K-Ko-Kopf!*

Die Haare des abgetrennten Kopfes waren an einzelnen Strähnen um die Lehne des Sessels geknotet. Diese wurden durch das Gewicht des Kopfes gespannt und sorgten dafür, dass er noch einige Finger breit über der Tischplatte hing. Die kalten Augen starrten ins Nichts und der Mund war aufgerissen, als würde er vor Schreck schreien und ist dabei eingefroren. Der Stumpf, der anstelle ihres Halses war, war mit Blut besudelt und kleine Haut und Fleischfetzen hingen herab.

Der Mann spürte, wie ihm die Tränen kamen. Was passierte hier eigentlich? Wann? Wann war alles so sehr aus dem Ruder gelaufen?!

Hier machte er einen Fehler.

Zu sehr hatte er sich ablenken lassen. Er bemerkte nicht, während er sich diese Fragen stellte und den Kopf anstarrte, von dem er Alpträume bekommen hätte, dass der Junge nicht mehr da stand, wo er zuvor war. Als er es tat, war es zu spät.

Der Vater wollte zu seinem Sohn sprechen. Die Pupillen weiteten sich, als dieser sich nicht mehr in seinem Blickfeld befand.

Der Sohn war mittlerweile hinter ihm und mit einem festen Stoß glitt die Klinge eines Messers durch den Schädel des Vaters und kam durch dessen Mund, auf der anderen Seite, wieder hinaus.

Letzte Worte wurden ihm verwehrt.

Hört mein Heulen

Tick Tick Tick...

Unaufhörlich tickte die Uhr an der Wand, so laut, dass es kaum mehr zum Aushalten war. Anfangs hatte er die Sekunden mitgezählt, die er nun wieder seinem Vater, oder besser gesagt dessen Leiche, gegenübersaß und aufgeregt mit dem Bein auf und ab wippte. Der Adrenalinkick war, als hätte er zu viele Energydrinks getrunken. Dem Jungen war heiß und kalt zugleich. Das Ticken war so laut!

Er hielt sich die Ohren zu und senkte den Kopf. Stille…Ruhe! Dieser Lärm sollte endlich aufhören.

Warum hast du das getan, Jeremy?

Genau das sagte der letzte Blick seines Vaters. Hier saß er nun beim Esstisch, mit den beiden Toten, die ihm nichts mehr bedeuteten. Das sollten sie zumindest nicht.

Aber warum eigentlich? Warum hatte er das getan?

Er kannte die Antwort, immerhin hatte er sie davor doch noch gewusst, aber das Ticken war so laut! Sie fiel ihm nicht mehr ein. *Gab es je eine Antwort? Was könnte so etwas rechtfertigen? Weil du es wolltest!*

„Sei still!" *Verdammter Goldfisch! Verdammte Stimmen!*

Jeremy raufte sich die Haare. Die Gelassenheit von davor war verflogen und er wusste nicht wohin. Es war, als wäre er wieder jemand komplett anderes. Und das gefiel ihm gar nicht.

Er hasste es wie instabil er sich nun fühlte. Körper und Geist wurden auseinandergerissen. Ein innerer Kampf, der ihn zersplitterte.

Wer war er eigentlich, was wollte er?

Tick Tick Tick

Der Junge sprang mit einem Mal auf, mit einer neu entfesselten Wut ging er festen und schnellen Schrittes zu der Wand und riss die Uhr von dem Nagel hinunter. Er warf sie mit aller Kraft zu Boden und stampfte auf sie ein. „Sei endlich still!!!", brüllte er.

Immer und immer wieder klirrten dabei die Scherben unter seinen Füßen. Die schöne Uhr war zerstört und obwohl die Zeiger verbogen waren und die Uhr als solche nicht mehr funktionieren sollte, tickte sie weiter. Und die Zeiger bewegten sich trotzdem.

Jem konnte nicht mehr, er gab auf. Er konnte die Zeit nicht aufhalten.

Er glitt die Wand entlang hinunter auf den Fußboden und blieb dort erschöpft sitzen.

Wer war er?

Der Junge von damals war verblasst. Billy nannte ihn damals eine Marionette, aber er wollte ein Puppenspieler sein. Er wollte der sein, der die Welt von dem Ungeziefer befreit. Dafür hatte er das getan, um diesen Ansprüchen gerecht zu werden, um sich ihnen anzunähern. Von nichts kommt nichts, immerhin muss man Träume verwirklichen, denn sonst werden sie nie mehr als Träume sein.

Schon immer hatte er sich anders gefühlt – aber besonders?

Vielleicht war das sein Schicksal. Die Bestimmung, die er erfüllen muss, um der zu werden, der er sein sollte.

Er blickte zum Esstisch hinüber. Da war so viel Blut. Aber da war nichts, das ihn abstieß, das er ekelig fand. Die Farbe, die Konsistenz und einfach alles daran faszinierte ihn auch weiterhin. Er kannte das Sprichwort, dass zwischen Hass und Liebe ein schmaler Grat läge. Dass das eine auch zum anderen führen konnte, dass es genauso viele Gemeinsamkeiten wie Unterschiede gab. Mit dem

Leben und dem Tod verhielt es sich genauso. Warum war das eine dann dermaßen schrecklich, während das andere als Wunder betrachtet wurde?

Es gab immer noch eine Menge Fragen, für die der Zwölfjährige keine Antwort wusste. Wie auch? Er war noch zu jung.

Aber eine Frage, dachte er, könnte er nun beantworten.

Wer war er und wer wollte er sein?

Der Wolf im Schafspelz.

Die einzige Erklärung, die ihm einfiel und logisch erschien. Ja, das machte Sinn. All die Jahre hatte er unter ihnen gelebt, als Schaf getarnt und fast hätte er seine eigentliche Herkunft vergessen, aber die Instinkte eines Raubtieres kann man nicht unterdrücken. Die Bestie in ihm wollte heraus, konnte sich nicht mehr verstecken und unterdrücken lassen. Der Wolf gewann die Oberhand.

Und die Schafe? Seine Beute, die ihn in seinem Leben in der Herde nie gänzlich akzeptierte, weil sie vielleicht spürte, dass er anders war.

Der Wolf fand seinen eigenen Weg, der von den Instinkten geleitet wurde. Diesen nicht ihren freien Willen zu lassen, hätte gegen seine Prinzipien verstoßen.

Und so nutzte er die Reißzähne, wofür sie geschaffen wurden. Sein Körper bewegte sich automatisch, sein Fleischfressergebiss wie eine Schere und nach und nach wurden es weniger Schafe auf der Weide.

Die einst schöne Wolle flog in Fetzen.

Das Weiß zu Rot.

Sein wahres Gesicht

Dort in der Ferne seines inneren Auges sah er die Silhouetten eines Mannes, einer Frau, eines Jungen und dessen Katze. Sie waren wie Schatten, die nun an seinem hingen und ihn, obwohl sie keine Augen hatten, mit bösen Blicken zu betrachten schienen.

„Bürschchen? Hey, Bürschchen!" Keine Reaktion. „Jem?"

Mit diesem Namen hatte er die Aufmerksamkeit des Jungen erlangt, das wusste er genau. Sein Besitzer und er waren seit jenem Tag bei dem Bach unzertrennlich. Es war für den Goldfisch fast so, als wären sie verschmolzen. Ein Geist und eine Seele.

„Beruhige dich. Was hast du denn auf einmal? Du hast es endlich geschafft, du hast das erreicht, was du wolltest. Wie schön es ist, zu wissen, dass diese Menschen einen nicht mehr belästigen können. Nie mehr!

Manchmal wäre ich selbst gerne wie du, Bürschchen – ein Mensch. Dann könnte auch ich die Welt verändern und zu einem besseren Ort machen.

Ich erinnere mich an nichts, bevor ich in diesen Bach kam. Mein Gedächtnis lässt mich im Stich. Aber ich weiß, dass ich immer schwamm, immer geradeaus. Ohne Halt und Stopp, ohne zurückzublicken, schnurstracks geradeaus. Anfangs war das Wasser kalt. Kälter als gewohnt und es war einsam. Aber ich habe diese Umstellung schnell akzeptiert. Nach einer Weile war das Wasser nicht mehr kalt. Ich fühlte mich mit jedem Meter, den ich schwamm, weniger allein.

Du bist jung und hast auch erst eine kleine Strecke geschafft, du brauchst Zeit und mehr Distanz, die du hinter dich bringen musst. Blicke nicht zurück.

Was bringt es sich, an der Vergangenheit festzuhalten? Sie ist weg. Sie kommt nicht wieder.

Das ist etwas, das niemand in der Hand hat — es ist der Lauf der Dinge, dem sogar du dich fügen musst. Niemand ist allmächtig. Jeder hat Schwächen, egal, wie viele oder welche Stärken du auch haben magst.

Lass' den Kopf nicht so hängen! Wie sieht das denn aus? Wo ist der entschlossene und stolze Junge von vorhin?"

Jeremy blickte zu Billy auf, der in seinem Glas auf dem Esstisch schwamm. Seine Kulleraugen waren auf ihn gerichtet und sein Fischmund bewegte sich, während kleine Luftbläschen aufstiegen und sich einen Weg zur Oberfläche bahnten.

„Richtig so! Hör' auf deinen Kumpel Billy. Immerhin habe ich dir schon so oft geholfen, dass du weißt, du kannst mir vertrauen. Mein Junge wird langsam erwachsen! Mein kleiner Körper könnte vor Stolz bärsten, sag' ich dir!" Der Fisch schien sich zu schütteln.

„Tot und bleich sind die Leich'! Hahaha, so schön – so schön..." Billy drehte seine Runden im Glas und sang.

Jem war etwas verdutzt. Sonst hatte sich Billy immer ruhig und weise verhalten, aber nun wirkte er selbst ein kleinwenig verrückt und ausgeflippt. „Ich verstehe nicht – was willst du mir sagen?"

„Was ich dir sagen will?! Wen schnappen wir uns als nächstes? Wie wollen wir es machen? Es gibt so viele Optionen, so viele Möglichkeiten! Wir könnten berühmt werden – denk an die Schlagzeilen.

Leichen pflastern ihren Weg, die Retter der Menschheit. Ja, ja –
die Rettung liegt in ihrer Vernichtung. Nicht auszumalen, eine so
wundervolle Realität. Und wenn ich erst all-"

Der Junge wurde schon zuvor hellhörig. Seltsam war es,
wie Billy plötzlich von „wir" sprach. Aber nun…

„Du? Und wir?" Jem's Fassade bröckelte und er wurde
lauter. „Du vergisst wohl, dass ich derjenige bin, der hier
die Welt verändert! Wenn jemand der „Retter" ist, dann
ja wohl ich. Du bist ein Fisch. *Du* kannst überhaupt nichts
ausrichten! Ich – ich – ich, hörst du! Ich bin der, der wichtig ist. Ohne mich wärst du nichts. Nichts weiter als ein
blöder Fisch, der gedankenlos im Wasser planscht.
Hör endlich damit auf, so zu tun, als ständest du über mir!
Als ob du immer alles besser wüsstest. Etwas Besseres
bist. Das bist du nicht. Und ich mach mir nicht länger für
dich die Hände schmutzig! Ab sofort gilt, was ich sage,
was ich will. Mein Handeln wird von mir bestimmt.

Die ganze Zeit über hast du mich doch manipuliert!
Ohne dich wäre das nie passiert. Ich hätte weiter mein un-
scheinbares Leben führen können. Ich war nicht glücklich.

Bei weitem nicht…aber ich hatte mehr Kontrolle! Kontrolle über mich.

Was ist nur los mit mir?

Warum? Warum bist du in mein Leben getreten?

Bevor du da warst, habe ich nicht bemerkt wie verkorkst ich bin. Ich habe es nicht gewusst, es hat mich nicht gekümmert, aber jetzt muss ich damit leben und das fällt mir schwer…"

Es gab Phasen in denen Jeremy sich selbst verlor. Wenn er nicht mitbekam, was er tat oder um ihn herum geschah. Während er also unter Tränen sprach und bei dem Gefühlstumult ausrastete, den er empfand – denn alles überkam ihn auf einmal, fiel auf ihn ein und vernebelte seine Sinne – spürte er nicht, wie seine Hand in das Wasser eintauchte und ins Nasse griff.

Unsere heile Welt

Liebes Publikum, bevor wir nun die Reise unseres Protagonisten fortsetzen, wollen wir uns einem anderen Blickwinkel zuwenden.

Damit meine ich eine der vielen Parallelwelten, die es in unserem Universum gibt. Viele haben sich wahrscheinlich schon gefragt: „Was wäre, wenn?" Jedes Mal, wenn eine solche Frage auftaucht, dann gibt es natürlich auch eine passende Antwort darauf und so gibt es viele Stränge der Realität, je nachdem aus welcher man stammt, ist diese Dimension für Einen die richtige und alle anderen bloß verdreht. Dabei ist es mittlerweile unmöglich festzustellen, welche zuerst da war, oder ob sie alle gleichzeitig entstanden sind. Eigentlich wissen wir kaum etwas. Nur, dass auch das Unmögliche möglich sein kann.

Während nun der Jeremy unserer Welt wahrhaftig keinen einfachen Weg hat und die, um sich herum, mit ins Verderben zieht, gibt es noch einige Versionen des Jungen, die sowohl schlimmer als auch besser geraten sind. Wir wollen uns kurz einen Jeremy ansehen, dessen Leben einen anderen Anfang nahm und, so vermute ich, auch einen anderen Schluss finden wird.

Hier! Diese Realität scheint mir passend zu sein.

Jeremy kam gerade aus der Schule. Neben ihm stand sein bester Freund, er war noch nicht lange auf der Schule, aber die beiden schienen einen Draht zueinander gefunden zu haben und verstanden sich sofort. Der andere Junge war größer und stärker, aber auch etwas älter als er. Ryan, der in der Nähe eingezogen war, war der neue Verbündete des kleinen Jungen. Obwohl Jeremy durch seine Intelligenz und seinen Humor glänzte, denn diese Mischung an Charaktereigenschaften schien den Leuten gut zu bekommen, hätten es nun noch weniger als vorher gewagt, sich mit ihm anzulegen. Ja, Ryan bei sich zu haben, war schon eine tolle Sache. Sein Kumpel, der von Schule nicht viel hielt, war mehr als nur begeistert vom Beginn der Sommerferien. Aufgeregt hatte er Jeremy erzählt, dass sich seine Eltern sogar freigenommen hätten, um gemeinsam in den Urlaub zu fliegen.

Jeremy freute sich für ihn. Er würde zwar nicht verreisen, aber seine Eltern würden bestimmt Ausflüge machen wollen. Er seufzte, manchmal konnten sie es echt übertreiben. Da lächelte er. Ein gefühlvolles, ernsthaftes Lächeln.

Er kam kurz darauf nach Hause, wo seine Mutter ihm schon das Essen hergerichtet hatte. Wie jeden Tag erkundigte sie sich danach, wie die Schule verlief. Sie gab ihm einen Kuss auf die Wange und er erwiderte diesen mit einem „Mama!" – *wie peinlich*, er ist doch schon zwölf und kein Baby mehr. Sein Vater kam erst am Nachmittag von der Arbeit nach Hause. Er trug seinen Anzug vom Büro und hatte die Tageszeitung unter dem Arm eingeklemmt. Er begrüßte seine Frau mit einem kurzen Schmatzer und setzte sich zu Jeremy an den Tisch. Der Junge erzählte, was es alles an Neuigkeiten gab, der Vater lauschte und nickte und stellte hier und da noch Fragen, um seinen Sohn zu zeigen, dass ihm die ganze Aufmerksamkeit galt. So sah ein perfektes Leben eben aus. Dieser Junge durfte es führen. Ein anderer hatte weniger Glück.

Es könnte trotzdem überraschend sein zu erfahren, dass auch dieser Jeremy Billy begegnete. Es war zu seinem nächsten Geburtstag, als ihm seine Eltern ein Haustier schenkten. Einen wunderschönen, aber durchaus gewöhnlichen Goldfisch. Er kümmerte sich um das Tier, fütterte es und freute sich über dessen Anwesenheit.

Aber diese Realitäten waren keine Ausnahmen. Manchmal ist es jemanden bestimmt – in diesem Fall einem Jungen und sein Goldfisch – sich zu treffen. Schicksale, die miteinander zusammenhängen und egal wie man es dreht und wendet, man kann eine Zusammenkunft nicht verhindern.

Es muss also geschehen.

Warum? Das werde ich zu diesem Zeitpunkt leider nicht beantworten können.

Allerdings gibt es ein Ereignis fortzusetzen, das für unseren Jem wichtig ist.

Er zog die Hand aus dem Wasser, die Tränen waren getrocknet und noch leicht auf seinen Wangen zu sehen. Er hatte sich beruhigt und fing an zu realisieren. Der Goldfisch schwamm auf dem Rücken auf der Oberfläche des Goldfischglases und bewegte sich nicht. Billy trieb vor sich hin, als würde er sich im Wasser entspannen und ausruhen müssen.

Jeremy hatte sich an den Anblick von Totem gewöhnt und wusste es. Ohne Zweifel. Sein kleiner Freund…

Tod durch seine Hand. Er war so aufgebracht, voller Zorn und hatte den Fisch einfach gepackt. Seine Kraft hatte er nicht gemäßigt und das kleine Lebewesen fast gänzlich zerquetscht. Jeremy konnte sich wage erinnern, wie es leise mehrmals knackte, wie er immer fester die Finger zusammenpresste, weil die Schuppen des Tieres so glitschig waren.

In diesem Augenblick war Billy still.

Er zuckte nicht, er atmete nicht, er redete nicht.
Und Jeremy dachte, dass dies so bleiben würde. Es hatte ein Ende gefunden – die seltsame Freundschaft der beiden, obwohl er seinen Freund in Ehren halten wollte, hatte er dies doch gar nicht gewollt. Er wollte nur…er weiß es nicht, aber er hatte nicht vor ihn zu töten!
Das war der erste ungeplante Mord.

Abgetaucht

Kurz darauf beschwerte sich die Nachbarschaft mehrmals bei dem Hausmeister, aufgrund eines bestialischen Geruchs, der aus der Wohnung zu kommen schien.

Der Hausmeister dachte sich ursprünglich nichts dabei, denn ihm war die Familie, die dort hauste, durchaus bekannt. Dass er nicht unbedingt etwas mit ihnen zu tun haben wollte, war wohl selbstverständlich.

Aber nachdem ihm auffiel, dass das Postfach schon am Übergehen war und er keinen der drei Einwohner seit längerem gesehen hatte, wurde er schließlich doch misstrauisch. Er begab sich zu der Eingangstür und klopfte.

Nichts.

Er probierte es wieder. Vielleicht waren sie verreist? Unwahrscheinlich. Der Hausmeister wartete noch eine Weile ab und probierte erneut, irgendjemanden aus der Wohnung zu kontaktieren.

Es gab zwar keine Lärmbeschwerden, aber der Geruch verflog ebenso wenig.

Sein einziger Einfall war es, die Polizei zu alarmieren, denn er hatte sich nicht getraut mit dem Zweitschlüssel eigenmächtig die Wohnungstür zu öffnen, aus Angst vor dem, was sich dahinter verbergen könnte.

War das denn überhaupt gestattet? Bis jetzt kam so ein Fall nicht vor, zumindest nicht bei ihm im Gebäude.

Der Schlüsseldienst und die Uniformierten waren schnell gekommen, es waren zwei an der Zahl. Begleitet wurden sie von einer dritten Person, diese war anders gekleidet als die beiden Polizisten und sah auch etwas älter und müder aus.

Der Kommissar war mit den beiden mitgefahren, denn er war überrascht, da er dieser Adresse ohnehin einen Besuch abstatten wollte. Als der eine ihn fragte, warum, erwiderte er: „Es hat sich ein Mordfall ereignet, ein Junge aus der Gegend. Die Ermittlungen liefen auf Hochtouren, die Ärztin der Schule hat uns ein paar Hinweise geliefert, als wir sie aufsuchten. Spuren, denen ich nachgehen wollte. Ich wollte das Kind, das hier wohnt befragen, ob es mehr über den Vorfall weiß…"

„Wie kommen sie darauf, Sir?"

„Anscheinend ist er ein etwas seltsamer Junge, in sich gekehrt, immer allein unterwegs, aber keineswegs dumm, mit einem Anflug an Gerissenheit. In meinen Recherchen ergab sich, dass er wohl öfter die Schulärztin aufsuchen musste, da unser Opfer ihm gegenüber oftmals gewalttätig wurde."

„Sie glauben, der Junge hat sich rächen wollen? Bei allem Respekt, aber der Knabe ist wie alt? Ein Kind."

„Hmm. Das mag sein, aber wenn Sie erst so lange wie ich diesen Beruf ausüben, dann sehen sie so einiges und ich sage Ihnen, wenn ich ewig lang terrorisiert werden würde, würde ich mich auch zur Wehr setzen wollen."

Der junge Mann war daraufhin still. Er war noch relativ neu und hatte noch nicht viel erlebt, seit er zur Polizei kam. Doch auch als Grünschnabel wusste er, wann er die Klappe zu halten hatte.

Nach einer kurzen Pause fügte der Ältere jedoch hinzu: „Es könnte allerdings auch sein, dass wir es mit einem Serienkiller zu tun haben und der Bursche keineswegs involviert ist. Wie gesagt, bleiben Sie offen, Sie können spekulieren, aber dürfen dadurch nicht das Wesentliche übersehen." Der junge Polizist nickte.

Die Wohnung war dreckig und stank. Dem Kommissar war sofort klar, dass es sich auch hier um einen Tatort handelte. Er kannte das Gefühl zu gut.

Er behielt Recht. Im Wohnzimmer wurden ihm beim Esstisch die grausamen Überreste derer präsentiert, die hier ihr Ende fanden.

Die beiden Begleiter wurden bleich, als wäre ihnen schlecht, ob es nur an dem Geruch oder auch an dem Anblick lag, konnte er nicht mit Bestimmtheit sagen.

„Durchsuchen Sie auch die anderen Zimmer und verwischen Sie mir ja keine Spuren!" Die zwei machten sich mit Eile an die Arbeit.

Zwei Leichen – ein abgetrennter Kopf einer Frau und der leblose Körper eines Mannes. „Sir!" Der zweite Polizist kam aus einem der Zimmer zurück und meldete dem Mann: „Hier im Schlafzimmer befindet sich der restliche Körper der Dame. Von einem Kind keine Spur."

Der Kommissar nickte. Er hatte keine Einbruchsspuren entdeckt und auch keine Spuren eines richtigen Kampfes. Sieht so aus, als hätte er mit der ersten Vermutung ins Schwarze getroffen.

„Glauben Sie, hat der tote Goldfisch eine Bedeutung, Sir?"

„Wie?"

Der Kommissar sah ihn erst jetzt. Tatsächlich. In der Mitte des Tisches stand ein Goldfischglas und auch der kleine Fisch darin war dem Tod zum Opfer gefallen. Seltsam, warum tötet man einen Fisch? Er war bestimmt nicht einfach so gestorben, das sah man ihm an.

Die Katze hatte er noch irgendwie nachvollziehen können, sie sollte eine Botschaft sein und Angst machen, so war sie auch aufbereitet gewesen. Aber hier konnte er den Sinn nicht erkennen. Zumindest noch nicht.

Er würde nun erstmal die Ergebnisse der Spurensicherung abwarten müssen und das, was die Laborberichte so ergeben würden.

Die Zeitung erschien schon am nächsten Tag und die Schlagzeile würde wohl noch länger in aller Munde sein.

„Verschwundener Junge: ein Mörder auf der Flucht"

Epilog – End of Origin

Etwa 20 Jahre später.

Der Alarm war laut und überall im Gefängnis zu vernehmen. Die Ohren schmerzten schon und die Meute war in Chaos verfallen. Die Aufseher hatten mit den Insassen alle Hände voll zu tun. Die Geschehnisse waren der Leiterin der Justizanstalt nicht klar, zu viel passierte auf einmal, um einen klaren Überblick zu haben. So sehr es ihr missfiel, sie musste warten, bis sich die Lage beruhigt hatte.

Ihr wurde bald von einem Untergebenen Bericht erstattet und was sie zu hören bekam, hätte sie sich nie vorstellen können. Wie konnten sie das schaffen? Wie konnten sie das zulassen?

„Frau Hofrätin, Sie persönlich haben die Behörden bereits verständigt und alle miteinbezogen. Sie werden sie bestimmt bald finden. Sie werden nicht weitkommen."

„Wer?"

„Wir haben bereits ein paar der Gefangenen verhört, sie sagen aus, dass es wohl ein Plan von Carver war."

„Carver? Bringen Sie mir nachher seine Akte und geben Sie mir gefälligst mehrere Informationen!"

„Jawohl, Frau Hofrätin! Jeremy „Jem" Carver alias ‚Der Goldfisch'. Er hatte bereits mit zwölf Jahren mehrere Tiere, einen Nachbarsjungen und seine Eltern auf brutalste Weise ermordet, seitdem sind die Opferzahlen um ein Vielfaches gestiegen. Die Gefahr bei diesem Mann ist, dass er weiß, wie man sich verstellt…er ist wie mehrere Personen zugleich. Man kann nie wissen, was er denkt und er scheint weder Emotionen zu empfinden oder Empathie zu verspüren, zumindest zeigt er diese nicht. Eine lange Zeit war er auf freiem Fuß, erst vor ein paar Jahren hat man ihn schnappen können. Er wurde zu einer lebenslangen Freiheitsstrafe mit Einweisung in eine psychiatrische Anstalt verurteilt."

„Verstehe…" Die Frau war mit den Nerven am Ende, das war ein ganz mieser Tag. Und der war noch lange nicht zu Ende.

„Soviel zu Carver? Sie haben mehrere erwähnt."

Der Mann, der vor ihr stand, schwitzte fürchterlich. Sie konnte sich nicht ausmalen, wie gestresst wohl das ganze Personal nun sein musste. Die Gefangenen tobten in ihren

Zellen weiter, als würden sie die Entflohenen anfeuern und die Hoffnung haben, selbst dem Gefängnis zu entkommen.

Das war nicht gut, die Flüchtigen haben ein Feuer entfacht, das schwer zu löschen sein würde.

Das bedeutete massive Überstunden, ohne Frage.

„Ja, er war nicht der einzige. Er hat allerdings seit er hier war einen kühlen Kopf bewahrt und auf alles mit Gelassenheit reagiert. Obwohl er nicht einschüchternd oder allgemein nach viel aussieht, hat er eine enorme Ausstrahlung, die es ihm ermöglicht hat, eine kleine Gruppe anderer Häftlinge um sich zu scharren.

Sie alle sind mit ihm fort, Frau Hofrätin."

„Scheiße!" Sie haute mit der geballten Faust gegen den Tisch.

„Bringen Sie mir alle Akten. Ich will alles wissen, verhören Sie die anderen weiter und achten Sie auf jedes Detail.

Ich will keine Ausreden mehr, das Ganze ist unverzeihlich.

Wir sind ein Gefängnis der höchsten Sicherheitsstufe und uns sind gleich mehrere Straftäter abhandengekommen.

Das schädigt unseren Ruf und gefährdet die öffentliche Sicherheit!"

Der Ton ihrer Stimme verriet die Ernsthaftigkeit der Situation.

Irgendwo anders in der süßen Freiheit.

„Hey, Jem-Jem! Was denkst du, steht mir dieses Hemd?"
„Nenn' mich nicht so!"
Der Mann, den die Gruppe liebevoll ‚Hannibal' taufte, hatte sich ein Hawaii-Hemd angezogen, eine weiße Stoffhose und auf dem Kopf eine Sonnenbrille. Sein Grinsen war breit und strahlte förmlich. Jeremy verstand Typen wie ihn nicht. Wie konnte man bloß die ganze Zeit so glücklich sein?
Vielleicht lag es ja an seinem Speiseplan…
„Also ich finde, du siehst gut aus!" Die Frau nippte an ihrem Glas und zwinkerte ihm zu.
„Dankeschön!" Er sprach es aus, als hätte er gesagt: Na endlich, ein Kompliment.
Auch die anderen hatten sich aus den Gefängnisoveralls befreit und sich neue Kleidung zugelegt.
Sie würden es eine Weile ruhig angehen müssen, um nicht aufzufallen. Wie immer übernahm er die Denkarbeit, naja, was solls. Zumindest waren sie endlich wieder draußen

und dieser gemischte Haufen an Psychos…war gar nicht mal so übel.

„Und, wo geht's hin?"

Ans Meer! *Vielleicht…*

Die Stimme von Billy war nie verflogen, er hörte sie immer noch. Ständig war sie in seinem Kopf und kämpfte sich durch, durchdrang seinen Verstand. Manchmal konnte er kaum unterscheiden, was seine eigentlichen Gedanken waren und was eine Ausgeburt seiner Fantasie war. Aber er hatte gelernt damit zu leben.